呻け！　モテない系

まえがき

立ち読みの皆さまこんにちは。買ってくれた皆さま、超こんにちは。

さあ、前と同じようにまずこの質問から始めましょうか。

「女子のみなさん、オトコにモテたいかー？」

はい、この時点で「おーっ☆」とこぶしをふりあげ、どうやったらモテるのか目を皿のようにしてこの本を読もうと思った貴女は、時間のムダなので今すぐこの本を閉じたらいいさ。この本には、どうやったらモテるかということは一切書いてないから。

この本は、右記のような質問に対して、「いや……それほどモテたいわけじゃないけど……でも、まあ、まるっきりモテないというのは困るかなぁ。だから、どっちかっていうとモテたいのかもしれないなあ。うーん、でもそこまで彼氏がほしいわけでもないし……」と、非常に歯切れの悪い答えを返してしまう貴女のための本です。

以前に出した『くすぶれ！モテない系』という本で、私は「モテない系」なる定義を発表いたしました。そして、その上に「モテ系（モテ子）」、その下に「圏外ちゃん」なる階級を設けてみました（10頁 モテヒエラルキー参照）。

「モテ系」は、いかにも女の子らしい格好（パステルピンクの服を着る、小振りなアクセサリーを身につける、栗毛の髪を毎日巻く等）をするのが好きだったり、男に対して積極的に女の子らしいふるまいができる、要は「モテること・モテようとすること」を楽しめる人たち。

「圏外ちゃん」は、他人の目や世間の流行をほとんど気にせず、容姿や服装にもほとんど気を使わない、あるいは時世とかけはなれた独特すぎるこだわりがある……つまり、「モテ」の圏外にいるような人たち。

そして、それらの間にはさまる「モテない系」は、世間が重んじる「モテ」というものを少々気にしつつも、過剰な自意識のせいで、モテるために何かをするということにはすごく抵抗がある人たちです。モテ系に少しあこがれつつも逆に見下してみたり、パステルピンクの服やミニスカートは恥ずかしくて着れなかったり、個性的な趣味や生活スタイルのこだわりゆえに男に引かれてしまったり……。

彼女らは本当に誰にもモテないわけではなく、彼氏がいたり結婚していたりということもある。しかし、何か「モテないオーラ」のようなものをただよわせ、自虐的な、くすぶった思いを抱えがちです。

前作では、モテない系を自認する私が、モテない系の生態をこれでもかと執拗《しつよう》にほじくり返しつつも、決して「モテ系になろう」とは励まさず、同情だけを繰りかえしました。そして結局は「ま、そのまんまでもいいんじゃね？」とほったらかし、全国のモテない系から局地的な讃辞をいただきました。

今作は、この「モテない系」なるものに同調してくださった読者の方々からいただいた、溜め息と苦笑いなしには語れない「モテない系体験談」をまとめたものです。

実は「モテない系体験談」の投稿募集というのは、前作の連載終了から出版するまでのあいだ、もともと連載の場だったウェブで何かできないかということで始めた、間に合わせの企画だったのです。

しかし、みなさまから送られてくる体験談のおもしろいことおもしろいこと（そして文の長いこと）。さすがはモテない系、自己分析が鋭すぎる。自分を見つめすぎです。「体験談」と言ってもそこは自意識過剰なモテない系のこと、ただの体験談にとどまらず、モテない系というものをいっそう掘り下げた「研究」とさえ呼べる投稿も。

これらはいわば、モテない系の呻《うめ》きなのです。私たちはどうせこうだよ、女らしくかわいくふるまえねーよ、男子との距離がつかめねーよ、趣味が濃すぎて引かれるよ、でも自分は変えられないし、正直こんな自分はちょっと好き……。そんなみなさまの熱い（というよりも、くすぶる）思いに私もガンガン同調してきました（もちろん、同意するだけであんまり励まさない）。

ということで、あまりにも良い投稿だらけでもったいないので「投稿篇」はそのまま続けていくことになり、こうして一冊の本にまとまるまでになりました。

さらに書籍化にあたって、モテない系に同調してくださった三人のゲストによる、豪華「描き下ろし・モテない系漫画」も掲載。

さあ呻け、モテない系。

※本書は、07年8月から08年8月までブックマン社のウェブサイトにて連載された「くすぶれ！モテない系～投稿篇」を加筆・修正し、あらたに構成して出版したものです。連載スタートに際し、サイト上で読者からの「モテない系体験談」を募集しました。体験談は引き続き募集中です（09年3月現在）。

CONTENTS

第5章 モテない系だって結婚します

第6章 男子、その深遠なるもの　その2

第7章 モテない系考察集　その2

総まとめ

まずは本篇に入る前に、こちらをお読みくださいませ。

投稿以前の問題

　こんな風に「体験談募集」などがある際も、ネタを書いてから何度も何度も推敲を重ね(文体にはうるさいし)、「よし！この文章ならオモシロイ！」と、作品として作り上げるまでやるんだけれど、でも結局投稿できない。お蔵入り。ってことになるのが、自分がモテない系だなぁと思う所以《ゆえん》です。

　どこかで、「そんな話、ありがちすぎ」「作ったでしょう」って思われないかと考えすぎるためにブレーキがかかるような気もします。

　たまに、その自制心が突然どうでも良くなってエイヤッと投稿して、載ったりすると「私ってやっぱり才能ある」とか思ってそんな所で優越感を感じてしまうのも、モテない系な気がします（しかも、載っても皆にすぐ言えない。自慢出来ない。後になってから、ちょっと自慢げに話したりする）。

（ｕｎａｐｏｃ　29歳　ＳＥ）

送信
自分の文を
10回読み返したけど
まだ「送信」をクリックできない!!

記念すべき連載一発目はこれであった。

いやぁ、来たよ来たよー！　自意識過剰！

「体験談を投稿する」ということ自体について、投稿する前にこんなに大量にあーだこーだ考えていること、非常にステキです。自意識過剰大賞です。

きっとこれが載ったことを知って、投稿どおりに「私ってやっぱり才能ある」と思い、「でもやっぱりあそこの文章はこうした方が良かったかも」と考えたり、友だちに自慢するときの切り出し方をどうしよう、いややっぱり言わないでおこうか、と考えたり、するんだろうなー。これぞくすぶりです。恋愛ネタじゃないのにすでにくすぶっている。

こんなふうに投稿以前からウダウダと考えてしまうモテない系のみなさんですから、当然ながら、寄せられる体験談は密度の濃いものばかりでした。さあ本篇にまいります。

モテヒエラルキー

モテ系
外見は一概にこのタイプばかりではない
モテ系
○○クンのおかげだよ♡
ずっと自分らしくいたいよね。
一般地味層
負け犬
みんな個性あっていいよね…
あっアポが…
モテない系
モテない系(核)
別にいいもんねー
圏外
モテない系
メイク薄し
メガネはセルフレーム
圏外ちゃん
やけに長い髪を一つ結び
外見をほぼ気にかけず

第1章

かわいくなんかできねえよ

モテない系は、女らしさを表すのが苦手。だから、かわいく着飾ること、かわいくふるまうことも避けがちです。そんな彼女らは、子どものころから世間と自意識との境でもがきつづける……!!

少女モテない系

今だって充分モテない系ですが、中学・高校時代の高純度ぶりには、われながら気おされるものがあります。

当時わたしは、「外見にこだわってはならない」という、思春期のおなごにしてはやや骨太すぎる方針をかかげていました。モテを意図する以前に、自分を素よりマシに見せるという時点で美意識がそれを許さなかったのです。飾らずに光らねば意味がないと、わが美意識はキビシク告げておりました。

したがって、中学時代のわたしの基本形態は、

・かたく編んだ1本ないしは2本のおさげ
・整髪料などもってのほか
・むしろ洗顔後の化粧水すら拒絶する

というスティックこの上ないありさま。ちなみに購読していたのは「サライ」*と「MOE」*（↑昔は濃かった）です。

もはや圏外ちゃんと呼んだ方がしっくりくるのは承知のうえですが、薬用リップを塗ることさえ恥ずかしくてままならなかった、その過剰なまでの美意識をして、ここはひとつモテない系と名乗らせていただきたい。

そんな自分が進学先に選んだ高校は、こともあろうに私服の共学でした。


お年頃の少年少女が、校則の範囲でできる最大限のオシャレというものにどれだけ心を砕くか、ティーンたちの密かな苦悩がまざまざと目に見えるようです。

そんなものが目に見えるようであればあるほど、従えないのがモテない系。一体何をどう着れば自分も世間も見逃してくれるのか、もう皆目見当がつきません。このさき3年間もこうして毎朝イヤらしく悩むかと思うと、うっすら発狂しそうです。

そしてついに、世間の思惑をぶったぎって自分が初日に選んだ服。

――それは、出身中学の制服でした。

別段そういったご趣味があったわけではありません。ただ、手持ちの服のなかで唯一、毎日着ても許される潔い服がそれだったのです。

制服なら、毎日同じでも自然だし、不潔じゃないし！

念入りにプリーツのシワを伸ばしながら、わたしはほくそ笑みました。通ってもいない学校の制服は不自然であるという点を、もっと掘り下げてみてもよさそうなものです。

当然親は止めましたが、これしきで自分を避けるような級友ならむしろ願い下げであるなどと必死さあまって大上段から力説し、なんとかかんとかご登校。その後のめくるめく悪夢については、もうとても語る気になどなれないのです。

結果だけを申し述べると、制服登校は初日限りでおわりました。

しかしながらそのインパクトは衰えることを知らず、わたしはその年、クラスきっての変人として女子の一部の関心を呼び、男子の全部に遠巻きにされて過ごしたのでした。

……若気の至りと笑ってください。


（木村　28歳　団体職員）

ざわざわ
こわいよね…
いつの時代だ
ざわざわ
ある意味こわいよね…
ひとり改造制服上等
ひとり制服上等
立場は同じかもしれない

投稿文をノーカットで掲載。じっくりと堪能させていただきました。

昭和初期あたりの小説を一篇読んでしまったかのようなこの濃密さは何でしょうか。オシャレを避けるという、強烈で理解されにくい美意識。中高生時代でここまで自分を貫ける貴女にはむしろ胸を張ってモテない系を名のってほしい。

だいたい、投稿者名のところに名字のみ「木村」と書いてくるところに、ビシビシと感じるものがあります。いま木村さんが毎日何を着てお仕事をされているのか、非常に気になります。

それにしても「女子高生」という言葉は、モテ系へと羽ばたく一歩前のようなキラキラ感をイメージさせますが、現実はもちろんそればかりではない。モテ系だろうとモテない系だろうと、ほとんどすべての女子は定義上「女子高生」を通過するわけです。そんなわけで次。

渋谷・プリクラ・女子高生

丁度「女子高生」が話題になり始めた時代、私も渋谷近辺の女子高生でした。

茶髪にルーズソックスにプリクラ。これが女子高生の三種の神器。私達の高校には制服がありませんでしたが、制服っぽい服装で登校し、女子高生気分を満喫している生徒もいました。

もちろん、そんな「女子高生」をアピールできない私たち。

カンフー着を着てみたり、ワラジを履いてみたり。女子高生のメッカ渋谷で、放課後を楽しむ私達。女子高生に見えません……本物なのに。

年頃ですから、髪は染めてみたい。素直に茶髪にすればいいのに、赤やら緑やら…信号機のようでした。

問題はプリクラ。

カメラの前でポーズを撮って、その写真を他人に配る。

屈辱的です。だけど、試してはみたい。そして、やっぱり男と撮った方が良いかもしれない。

結果、それぞれ好みの男を、美術室から連れて行きました。

石膏像です。

物凄く重くて、翌日筋肉痛になったのを覚えています。

だけど、良い思い出です。

（グレイス　28歳　大学院生）

右手が限界…
ずっと
いっしょだよ
ちゃんと女子高生らしく
たのしまなくちゃね

石膏像！　ふはははは。石膏像。美術部だよな、当然。

　ああ、「渋谷の女子高生」であることはまちがいないのに、なんだろうこの鈍すぎる光は。

　モテない系の青春思い出話には、なぜかこう「無意味に過酷な肉体労働」的な話が割り込んできますよね。みんなわりと文系のはずなのに、なんなんだろうな。なんかこう甘酸っぱい話はないのかよ。うん、ないんだよね。仮にあってもいちいち言わないし、心に秘めたまま棺桶まで持っていきますよね。

　私も、女子ばかりで意味もなく夜通し30キロ歩いて埼玉県まで行ったこととか、いい思い出です。甘酸っぱくも何ともない。むしろ汗でしょっぱい。

　そしてモテない系は、身のまわりのあらゆる所からキラキラ感を消そうと試みる。次。

懊悩《おうのう》メルアド

私のモテない系体験談は携帯のメールアドレスについてです。

携帯のアドレスなどは自分で自由に設定できますが、私はそれを考える時、一人ぐるぐると悩みます。

人目に触れるものだし、自分で考えられるだけにその人の性格が出やすい（と考えてるんですが……）。女をアピールするようなかわいらしいアドレスなどもってのほか、こりすぎたものや、自分の好きな歌の題名というのも絶対恥ずかしい。「さりげなくセンスのいいアドレス」を求め、延々悩み続けます。

しかも考えてる間中、「そもそもアドレスなんて誰も気に留めやしねぇよ。」とか「こんなところで主張しようと目論んでること自体どうなのよ。」といった自意識の声が聞こえるので悩みはさらに深まります。

そんな感じで一人相撲をとり続けた末に疲れきって、結局名前を簡単にもじったアドレスだったり、始めに設定された文字の羅列のアドレスをそのまま使ったりしています。

ほんと、無駄な苦労ばかりです……。

（ハマ子　22歳　学生）

「メールアドレスを変えられない」という
悩みもあるよな
くぅう…
今日も迷惑メール300通…
しかし…
【特別招待状
交際を求める
大人の刺激的
こんなフェチ
人妻系の
なぜかって!?
「アドレス変えました」メールを全員に送るべきか
悩むことになるからだ!!

いやー、分かるなあ。勝手にしろよと思いつつも、分かる。

「誰も気に留めやしねえよ」と思いつつ、当の本人は他人のアドレスをちょっと気にしたりするものですよね。だからメルアドをぐるぐると考えるその悩みは、たぶん意義ある悩みなのだ。

　ちなみに、投稿時に記入してあったハマ子さんの実際のアドレスは、実に初期設定っぽい香りの漂う、意味不明な文字の羅列でした。さすがです。

　さて、メルアドにも悩むくらいですから、もちろん最初からかわいいものにはどうしても拒否反応が出ます。次。

ハートアレルギー

私はハートアレルギーです。

ハートマークって、なんだかモテ系のシンボルな気がしませんか？

あの形から「モテオーラ」もしくは「可愛子ちゃんオーラ」が出ている気がしてどうしても身につけられません。どんなに小さくても（例えばTシャツの柄で2センチくらいのものが1つ入っているだけでも）購入を諦《あきら》めます。自分でもそんな気にしないで買えばいいのに、と思いますが、誰かに突っ込まれたりしたら（誰も気にしないと思いますが）と思うと……。

そんな私ですが某大学の理系学部に通っていて、一応大学院を目指しています。ベンゼン環って可愛いですよね。

（はすみ　19歳　大学生）

この夏、おしゃれ女子はベンゼン環!!
ほんとにほしい。てゆーか、ありそう

ああ、まだ若いのにこんなにもハートを嫌って……(涙)。

でもね、「ハートさえ入ってなければかわいいのに……!」という矛盾した叫びが出てしまう気持ちはよーく分かります。私はハート型でも買えるものと言ったらお菓子(ハートチップル。ニンニク味)くらいです。

そして、ハートがかわいくないのにベンゼン環(意味はもう忘れたけど)がかわいいことについても同意します。かわいさの基準が世間と違うんだよ。理解されなくてもいいけどさ。

さあ、モテない系のこだわりはいよいよ自分の身のまわり以外のものにも向かいはじめます。

WE HATE あいのり

私は「あいのり」*が嫌いです。

突然こんな主張もどうかと思うんですが、本当に好きじゃないんです。

嫌いな理由を挙げるとすればとりあえず一番最初に、「モテ系のための番組」と言う認識が強いからだと思います……。

モテ系は本当にみんな揃って「昨日のあいのりマジで感動〜」とか、それに便乗しようとモテ系狙いの男子が「あ〜！　俺もあれマジ感動した〜！」と乗ってくる、あの感じが嫌いなんです。

そして、みんな揃って感動を分かち合う。なんてチープなんだろうと思う。

そんなモテ系・モテ系狙い男子に話を振られたら、絶対に私は「やらせだよね」と場の空気をよどませる事にしています。

そんな捻《ねじ》くれた考えしかもてない私は完璧な、モテない系だと思います。

（りか　22歳　グラフィックデザイナー）

モテない系だらけの
あいのりだったら少し見たい。
帰りて一
一切盛りあがりナシの。

あー、やっちまったー。

みんなが盛りあがっているところへ、口のひん曲がった笑顔を見せながら「あれってやらせだよね」。積極的に空気読めない派でGO。少し痛快です。「あいのりが嫌いでもいいけど、そういうこと言われると冷めるんですけど！」と怒られて、なおさらやり場のないイライラをかかえる女子の図が私にはありありと見えます。

あいのりで盛りあがってる若人を見るにつけ「フン…」と鼻で息を吐きたくなる気持ちは分かりますが、しかしそこをどうにか言わないでおくのがオトナというものらしいです。丸くなるのも一つの手だぜ。

では、話を変えていきなり一気に若返ってみます。次。

リアリティ追求少女

小学校低学年のころ、お姫様ごっこをしていて、お姫様がさらわれてしまうという設定で、悲しみにくれる町民の演技をみんなでしていたときのことです。わたしは「悲しみのあまり涙も出ず、茫然自失となり立ちすくむ」という演技でせいいっぱい悲しみを表現していたつもりでした。

するとと突然「○○ちゃん（私）が泣いてない！」「ここは悲しい場面なのに泣かないなんて変！」と非難されました。

しかし、「悲しい＝涙」、「泣いてない＝悲しくない」って決めつけられてしまうことがどうしてもイヤで、それ以来女子のごっこ遊びには加わりませんでした。

そんな変なこだわりを捨てられない小学生でした。


（ｎｏ　29歳　会社員）

逸材かもしれない
悲嘆
うわーん おひめさまー
おそろしい子……!!
たいへーん えーんえーん
でもこんなんは見てませんから。→

「これのどこがモテない系?」と思われるかもしれません。確かにこれは、女性がモテ系やモテない系に分化するよりはるかに前の、些細なできごとにすぎません。

　ただ、このエピソードはなぜか私をとらえて離さなかったね。

　小学校低学年の、まだ誰もがお世辞なく「かわいい」と言ってもらえるような時期にすでにこのこだわりよう。たかが「ごっこ遊び」なのに、本物感にしつこく根ざしたこの演技。彼女のモテない系としてその素質の萌芽は、このときすでに見えていたと考えてよいでしょう。

　20年前に「ここは悲しい場面なのに泣かないなんて変!」と言われたnoさんは、時を超えて今も似たようなセリフを始終耳にしていることと思います。「あの感動の映画で泣かないなんて変!」とか。

　さて、右の体験記はもちろん思い出話ですが、なんと最年少・現役小学生からお便りが来た。衝撃の次頁。

小6です

　はじめまして能町さん、年齢はこんなんですが、1年ほど前から愛読させてもらってます。私がこのメールを送らせてもらったのは､自分に｢判別」がつかないからです。

　愛読書はZipper[*]、CUTiE[*]、そしてHana[*]＊chu↓。あえてココで言うまでもないですが、前者2つはモテない系。そして後者1つはモテ系育成雑誌(ティーン誌)。

　母だってモテない系。愛読書InRed[*]、spring[*]の女。そんな環境で育って父もそんな人。

　偏った考えを植え付けられながらほったらかされてすくすく育ち、まわりのコたちが履く靴はショッピングセンターで2割引きのものなのに、私はNIKEの赤。小さい頃よく着たのは黄色に赤と緑の薔薇の柄のワンピース。見事にモテない系の子孫が誕生しました。

　そして小学校に入学します。一気に飛ばして小4。田舎ですから小学校も制服ですけど、やたらと外見を気にしだす。そしてこのころから、外見になど興味のない圏外〜モテない系・やたらと気を遣うモテ系に別れます。私の中で。遠足なんかあって私服の時は、だんだんはっきりとその区別が付きだす。

　そして小6の今、私は友達と地元にあるティーンブランドショップに行けるコになりました。大好きなのはしょこたん[*](の着る服)なのに。

　今更モテないグループに属する気はありませんけど、今着ている洋服達も違います。私が好きなのはZipperなのです。CUTiEなのです。こんなHana＊chu↓のモデルさん達が着ている服そのまんま着ました、じゃ違うんです。

　でも､ここまで｢モテ」エッセンスが入ってきたのだから、むしろこのまま今のテイストのまま、つっぱしってもいいような気もするのです。「モテない」から「モテ」には戻れません。

　私はどっちに進めばいいのでしょう?


(yukiko　12歳　学生)

たぶん
人生ってけっこう長いよ。
まだどっちにも
なりえます
髪巻かないで
外出なんてありえない
です〜
12さい
30さい
パフスリーブなんて嫌〜
Zipperのがいい〜
Tシャツしか着ないよ〜
雑誌? なにも読まない

12歳、小6にしてこの流麗な文章。そして、行間から見えかくれするプライド。残念ながら、天性の重篤なモテない系とお察しいたします。

まずお母さんがInRedやspringを読む世代だということに、私なんぞは膝からくずおれる思いですよ。そうか、世の中はもう、そういう感じなのか…。

特筆すべきなのはyukikoさんが現役小学生にして小文字とか絵文字とかを一切使っていないということです。だって周りのみんなは「ハナチゥ↓まぢヵヮィィ★(∨∧)」とか言ってるわけでしょ? そこでこの文章を保てる凛々しさ、尊敬に値するよ。

ええと、気を取り直してアドバイスをしてみるならば、Hana*chu↓(知らない人はぜひ立ち読みせよ)の服を着ているのがぶっちゃけ苦痛なんですよね? ムリをせず、中学生になるころから少しずつZipperやCUTiE方向に移っていけばいいんじゃないでしょうか。たぶんそのころには少しは仲間ができてるはず。

ああ、きっとこれから、人に言えないような濃い趣味ができたりして、どんどんモテない系の道にはまっていくんだろうなあ。おばちゃんはアナタの将来が楽しみよ。

さ、もうちょっと年齢をあげてみます。次。

カラオケ撲滅　プリクラ廃棄

私が一番困るのは、カラオケです。

行かなきゃそれまでなんでしょうけど、華の女子高生ですし、誘いを断りつづける訳にもいかず、毎回毎回、本当に苦労します。

まず、私のまわりに存在している人達はすっごく普通の健全な女子高生ばかりなんです。悲しいくらいに、カラオケで*エグザイルやら*子袋やら、*オレンジレンジ、*ゆい(?)、*中島美香、などをご披露してくれるのです。この前は、*にひまるGTというアーティストの曲を披露されてました。

大前提として、みんな*くるりは知りません。知っていても、名前は知ってるよ……ねえ? くらいの認識でございます。

そんな中で、まさか私が*半透明少女関係を歌える訳もなく、しかし、やはり、音楽好きをアピールするために……でもどうしても変なプライドが邪魔をして、*バンプオブチキンには手をだせず……

悶々とするなか今行きついたところは、*YUKIと*ジュディマリです。

彼女はちょっと音楽好きな男子高校生にも普通の女子高生にも幅広い認識と支持を得ているように思えます。

高校生という年齢層の中で、マニアックとも思われず、かといって音楽に無頓着だとも思われないのが、YUKIでありジュディマリなのです。アルバムすら持っていないのに、夜中にYOUTUBEで練習していると本当に心苦しくなります……。

女子高生の必須アイテムである、プリクラ手帳(略してプリ帳。表紙には自分の好きなモデルさんの写真等がかわいく貼り付けられている)をコミュニケーションツールに用いようとして作ろうとし、そんな自分に腹が立ち、無理してとったプリクラ達を全部捨ててしまったことも、もちろん友達には内緒です。

プリクラもカラオケも、なくなってしまえばいいのに、と毎日願っている私です。

(ちば　17歳　学生)

あははは。「子袋」「にひまるGT」うははは。ゆいにカッコハテナがついている。あはははは。このへんの、知らないことを苦にもしない様子や誤変換（わざとかどうかはどっちでもいいのだ）に私は親近感を覚えますね。ステキです。プリクラを捨てる女子。漢《おとこ》ですね（ほめています）。

　貴女はきっと、残念ながら10年後もおんなじような悩みをかかえることになります。そして、そのころにはきっと中島みゆきと古いアイドルを歌います。あのねえ、それしか逃げ場がなくなるんスよ、年食うと。

　次、またもうちょい年齢あげてみます。学生生活の終わりにモテない系が直面する問題。

アピール嫌い

就職にむけて、まずマイナビ*、リクナビ等にエントリーをしようと試みました。

しかし、「自分のアピールポイントにチェックしてください」という欄で、手が止まって先へ進めません。粘り強い・協調性がある・明るい等、他にもありますが、どれかにチェックしなくてはなりません。私は恥ずかしくてチェックできません。

（ただいま就活中　28歳　学生）

集団面接にて。
私は今までサークルの活動を通して、誰とでもうちとける性格をいかして部長をつとめ、協調性を身につけてきたので
はっはーん ぜったい ワンマンで 何でも決める タイプだよ この子
こんなこと思ってても
ふつうなら左の人が受かるのさ。
それは分かってるんだけどね…

ああ、就職活動って、自分の「いいところ」を積極的にアピールしないといけないんですよね。今までそういうポジティブ方面の要素については適当にごまかしていたのに、むりやりあらわにしなければいけません。

「自己分析」なんて、言われなくても毎日のように（ネガティブな点についてだけ）自主的に行っています。だから、自分の短所だったらいくらでも挙げられるんです。長所だって、多分ないわけじゃないよ、でも、それを全力でアピールするなんて、ねえ……。

自虐と卑屈をいっぱいためこんだモテない系にとっては、地獄ですね。

……このように自虐的なモテない系、さぞモテ子を憎んでいるだろうと思われがちですが、決してそんなわけではありません。次。

モテ子はいい子

私が日々思うのは、バイト（仕事）の休憩の過ごしづらさです。何がなんでも一人で過ごして本を読みたい。しかしモテ系女子につかまることが稀にあります。

別にこちらに興味があるわけでもあるまいに、「あっ○○さん今から休憩～？ 私もなの！ いつもどこで食べてる？」と声をかけてくる。

本を手にしていれば、「何読んでるの～？」と来る。正直に「中島敦*……」と答えても会話は実りません。海外文学とか哲学書だったらもう少しなんとなくカッコよかったですが。モテ系さんは気を使ってくれているのかもしれません。

最近思うんですが、モテ系って、いい子だなぁと思う女子が多いですね。ああ、優しい子だなぁと思うわけです。だから休憩を一人で過ごす気配のある人間に声をかけてくれているのかもしれません。優しいです。ただ、私じゃない別の人（主に男子）にその優しさを使ってやってくれ、喜ぶだろうから、と思ってしまいます。

そして休憩を一緒に取ることになったときの試練に、まぁ当たり前ですが、「言葉のキャッチボール」というものがあります。モテ系女子は独り言なのか話しかけてきてるのか微妙なセリフをよく吐きますよね。

「あっとれちゃったー！」
（ストラップのマスコットがはずれたらしい）
「私、梨って大好き～☆」
（梨を食しながら）

マジで何て反応すれば良いかわかりません。「あらー」とか「あーほんとー」とかなんとか言うしかないです。お陰でなりたくもないのにオバサンのようになってしまいます。アンタのせいだと言ってやりたい。

でもここで気のきいたことが言えない私が悪いのは百も承知です。適当にマスコット褒めるなり梨の旨さを語るなり、やりようはいくらでもあるのに……。

でもやっぱり、もう少し一言一言にエンターテインメント性を追求してもらいたいです。そんなことをしてはモテませんが。

（コメニウス　23歳　大学院生）

あたしーすっごいイチゴ好きでぇーアハハハ
それでストラップとかもイチゴでーアハハハ
そしたらカレシに「お前イチゴ好きすぎ!!」とか言われててアハハ
へ…へーえ えーと へーえ
イライラ
オチないんかーい!! いつも結局カレシの話かーい!!
バシバシ
天然ツッコミ熱が心中で不完全燃焼!!

そう、モテ子はいい子なんだよ。だからよぉ、そんなモテ子をちょっと腹立たしいと思ってしまう自分は心が薄汚れているんだなあ。ああそうさ、悪いのはすべて私さ、モテ子はちっとも悪くない、いい子がモテて悪い子の私がモテないのは当然のこと、ハハハ、どこにも不条理なんてねえさ……。

　と、自己嫌悪の螺旋階段をどこまでも駆け下りていくモテない系でございますね。

　しかし、中島敦は無論のこと、「海外文学や哲学書だったらカッコよかった」というのも納得できませんな。これからは、たとえ澁澤龍彦*を読んでいようと、「赤い糸*だよ～☆ 超感動なの!!」と言っておくのがいいと思います。

　ところで、世のモテない系は、モテ系を目指すでもなく何となくくすぶっているものと私は思っていたんですが、どうやらそればかりとは限らないようなんです。

モテ系になってみる

この連載を見てやっと私がどの人種にカテゴライズするのかがわかりました。そして自分を客観的に見ることが出来た今、実践していることがあります。それは「モテない系からモテ系になってみる」ということです。

私は今までガチのモテない系で、同年代の女子と何か違和感を覚えながら生活して参りました。そんな私も美大に入り、自分の趣味をさらけ出せる環境を手に入れ悠々自適の生活をしていました（ちなみにバイブルはあーみん*様、今見たい映画は江戸川乱歩原作の奇形人間です）。しかしなにぶんモテません。まだ20代前半、標準以上の男子にスルーされるとやはり軽くショックです。そして未だ男子とつきあったことがないという事実にも焦りを感じています。

この連載で自分の考え方がいかに男子を遠ざけているかということを知りました。それと同時に私は心の底からモテ系になることは不可能だということもわかりました。

ということは心はモテない系のまま、見た目だけを変える方向で行くしかありません。

（見た目）モテ系を目指すにあたり、まずすることは「モテ」という言葉への嫌悪感をぬぐい去ることです。

そして、モテ子の服装を観察する為に私はファッション誌を買うことにし、ギャル、お姉はどうしても生理的に無理だったのでカジュアルなモテを目指すことにして「ストリートの女の子がモテキャラになるためのファッションマガジン」とあおり文の書かれた雑誌を購入しました。

レジで精算中、私の体には、高校受験の面接時に「趣味は読書です」「じゃあ好きな作家は?」のやり取りで、緊張のあまりその時ハマっていたファンタジー系の漫画家の名前を挙げてしまった以来の大量の冷や汗が出てきました。羞恥心と罪悪感、何とも言えない感情が渦巻いて今にも発狂しそうな顔をしていたと思います。

しかしそれ以降私は何かが吹っ切れたのか、その雑誌をもって美容院に行き「この髪型にして下さい」とのセリフを吐き、「髪の長さが足りないので無理です」と言われました。その美容院には二度と行っていません。

しかしそのお陰か、何となく今っぽい髪型になり、バイト代をはたいて、雑誌で研究した「私がギリ着ることができしかも世間でも程々に可愛い服」を選び、今までもっていた服をほぼ買い替えました。**白黒ボーダートップス＋大きめジーンズ＋コンバース↓ワンピース＋レギンス＋ウエッジソールサンダル**と言った感じです。

そして異性含む友達何人かから「どうしたの!? 最近雰囲気変わったね」とのコメントをもらうことに成功。しかし果たしていい意味で言われているのかは私にはわかりません……。

わたしの「目指せ（見た目）モテ子」計画は現在も続行中です。少なくとも今まで私が知らなかった「モテ」にベクトルがむいてる世界を知ることができ、能町様のこの連載には感謝しています。

これからも頑張ってください☆（ˋ▽ˊ）

最近顔文字を使うことにも少し慣れました。

（七子　22歳　大学生）

内面をモテ子らしくするほうが
おカネがかからないし楽ですよ。

えっ…
コテン
なんかよっぱらってねむくなっちゃったぁ
トップスはボーダーのままで、な。

でもそれができないから
モテない系なんだよね!!

　せっかく投稿していただいた方に失礼なのは承知で、言わせてもらおう。

　たぶん、七子さんが目指してるのはモテ系じゃないと思う……。

「心の底からモテ系になることは不可能」として、見た目だけでもモテ子に……という考え方はべつにおかしなことではありません。ただ、最初の段階で「ギャル、お姉はどうしても生理的に無理、カジュアルなモテを目指す」と、一気にハードルが下がっています。嗚呼。

　いや、もちろんファッションはきちんと変わってきてるし、友だちからコメントをもらっているし、雰囲気が変わったのは間違いないんでしょう。

　七子さんはたぶん、モテない系の上層部を狙っているのだと思う（52頁「さらに選り分ける」参照）。それはそれでものすごく喜ばしいことだとおもうのですが、モテるかどうかは、うーん、保証はしないです。でも私はそのくらいが、好きです……。

　なんか、最後の顔文字ものすごく取ってつけたようで、うん、それでいいと思うょ☆（＾－＾）*

竹内先生、「鳴き声系」という分類はあまりにも核心突いてます。さすがに素晴らしい観察眼です。

竹内佐千子（たけうち・さちこ）◇「ダ・ヴィンチ」コミックエッセイプチ大賞でデビュー。著書に『くされ女子！』（ブックマン社）、『男になりタイ！』（メディアファクトリー）などがある。

レズビアンの中でのモテ系はどっちかっていうとリプトン系です
タチの人はボーイッシュとか
ゴージャススレンダー
あと小動物系
※リプトン系…アムロちゃん系
フィレオは2丁目でもバーでも見たことありません
たぶんいたら浮く
・・・ということはこれは男好きの女の人が読む男のためのモテ系女雑誌なり!!
鳴き声系に注意!!
びび
あんあん
きゃんきゃん
VOW
バウは別
にゃんにゃん
「男にあいされるにはしっかりゆるふわ」まーごくろうなこった
へっ
その発言がモテない系
ちょっとは見習いなさい
ま、私は男にモテたってうれしくないからカンケーないけど
フーン
女にもモテないくせに
その思考も完全にモテない系

レズビアンである以前にモテない系の土台がしっかりしてらっしゃる。（能町）

1章註

【サライ】小学館発行の「趣味・食・旅など、様々な角度から大人の楽しみを演出する」雑誌。着物や盆栽など渋めの特集を組むことが多い。

【MOE】白泉社発行の大人向け絵本雑誌。

【あいのり】フジテレビ系の「恋愛観察バラエティー」番組。見知らぬ男女数名が一台の「ラブワゴン」に乗り、諸外国を旅し、さらには恋をする様子をポエム感たっぷりに放映。09年3月をもって終了予定。

【Zipper】祥伝社発行の10代〜20代前半向け月刊ファッション誌。古着や原宿系の個性的なファッションを掲載。

【CUTiE】宝島社発行の10代〜20代前半向け月刊ファッション誌。この「CUTiE」や「Zipper」は、モテない系の多くが10代のころに通る、あるいはあこがれる道（と思われる）。

【Hana＊Chu→】主婦の友社発行の中学生向け月刊ファッション誌。109ブランドを扱う、未来のギャル育成雑誌。

【InRed】宝島社発行の30代女性向け月刊ファッション誌。落ち着いた大人のためのカジュアルファッションを掲載。30代女性に「コンサバ」「上品な主婦」以外のありかたを提案してくれたモテない系の味方。

【Spring】宝島社発行の20〜30代女性向け月刊ファッション誌。やや大人向けのカジュアルファッションを掲載。

【しょこたん】中川翔子のこと。正統派の美少女グラビアアイドルでありつつ、アニメ・漫画・コスプレ好きのオタクアイドルとしても人気爆発。

【エグザイル】EXILE。男性7人組のボーカル&ダンスユニット。

【子袋】「コブクロ」のことと思われる。男性2人のフォークデュオ。代表曲『蕾』など。

【オレンジレンジ】沖縄出身の日本のミクスチャーバンド。代表曲『花』など。

【ゆい（?）】「YUI」のことと思われる。福岡県出身の女性シンガーソングライター。代表曲『CHE.R.RY』など。

【中島美香】「中島美嘉」のことと思われる。鹿児島県出身の女性シンガー、女優。01年にドラマ『傷だらけのラブソング』に主役として抜擢され、同ドラマの主題歌『STARS』でCDデビュー。

【にひまるGT】「mihimaru GT（ミヒマルジーティー）」のことと思われる。男女ヒップホップユニット。代表曲『気分上々↑↑』など。

【くるり】京都府出身の日本のロックバンド。モテない系が「どんな音楽聴いてるの?」と聞かれたときに答えるべき、最大公約数的ミュージシャン（前作より）。

【半透明少女関係】硬派メガネ男子・向井秀徳率いるロックバンドZAZEN BOYSの代表曲。

【バンプオブチキン】BUMP OF CHICKEN。千葉県出身のロックバンド。ボーカル藤原基央のルックスも、モテない系に人気高し。

【YUKI】北海道出身の女性シンガー。元JUDY AND MARYのボーカル。

【ジュディマリ】JUDY AND MARY。YUKIがボーカルを務めるロックバンド。

【マイナビ/リクナビ】毎日コミュニケーションズ/リクルートが運営する就職情報サイト。

【中島敦】昭和初期の小説家。代表作に『山月記』『李陵』などがある。

【澁澤龍彦】小説家、評論家。ジョルジュ・バタイユ、マルキ・ド・サドを翻訳したことで知られる。代表作に『唐草物語』などがある。

【赤い糸】ケータイ小説。書籍、テレビドラマ、映画、ゲームなど多岐にわたり展開した人気作品。

【あーみん】岡田あーみん。漫画家。正統派少女漫画誌「りぼん」で異彩をはなつギャグ漫画を連載。キャッチフレーズは「少女漫画界に咲くドクダミの花」。

第2章

モテない系考察集　その1

わたし同様、いや私以上に、モテない系についてぐだぐだと（ほめ言葉です）考えている方々もいるのです。そんな、皆さまの学説（?）をご披露してさしあげます。

呻け!@田舎

私の体験談は、田舎でのモテない系の生活です。「うっかり都会に出そびれた地方在住のモテない系」として約8年すごしてきましたので、とてつもなくくずぶっています。現在進行形です。

[趣味]

田舎で暮らしを続けていて一番悲しいのは、話を分かってくれる人があまりにも少ない事です。趣味の話をする人がいません。私の趣味は美術館巡りなのですが、そんな平凡な趣味でさえ、「変わってるねぇ」と半笑いで言われてしまいます。

そう言えば美容院で「いつもお家で何してるんですか?」と聞かれたから、「ピアノ弾いてます」と答えただけで固まられてしまった事がありました。一体こういう時の模範解答とは、何なのでしょうか……わかりません(ちなみに好みの男性は無難に「*オダギリジョー」と言おうと考えています。聞かれた事はないのですが)。

友達も全くできません。だから都会に出て行く時はいつも一人。野外フェスに一人で行くのはとっても悲しかったなぁ。でもこれは、田舎とか関係なく、性格の問題か……。

[服装]

変な格好をしていると近所の人にちらちら見られます。親戚にもあきれられます。年を重ねるにしたがって、より無難な格好をしなければ目立ちます。下手をすれば「結婚もせずに……」とぼやかれてしまうので、要注意です。

[話題]

田舎での話題の中心になりやすいのが、テレビです。中学生かよってくらい、ドラマやワイドショーの話をします。

モテない系はテレビなんかほとんど見ませんから、話題についていけません。この話題の間はとても苦痛です。「そんな事どーでもいいわ!」と叫びたい気持ちを、今ここで私の趣味の話をしたらみんなこんな気分になるんだろうな、というマイナスの妄想でなだめながら、作り笑顔で相づちを打ちます。注意して周りに合わせないと、後々面倒なことになります。

[本、音楽、映画etc]

非充実っぷりは、都会の想像を遥かに超えていると思います。売れ線以外はないのです。本当にないのです。インターネットがある時代に生まれてなかったら、死んでたかもしれない、と思うくらいです。

特に映画はひどいですね。子供向け映画かハリウッド大作吹き替え版かテレビ局が噛んでいるベタベタの邦画(「*セカチュー」とか「*HERO」みたいなの)しか来ません。ミニシアター系は、レンタルもない事だってあるので、スカパーだけが頼りです。

なんだかただの愚痴みたいになってしまいましたが、とりあえず思いついたものを書いてみました。個人的にはあきらめ気味なので都会へ出て暮らす事はないでしょうが、もし出て行けるのなら、やはり京都に住みたいです。そして、モテない系のお友達を作って朝までぐだぐだといろんな事を語り合いたいな。主に音楽とお笑いについて。これも無理でしょうけれど……。

(ユウ　26歳　無職)

「他人の家」という概念がなかったりしますよね。
ヨッちゃんおるけ？
ミカンやら取ってきてやったじゃ
あっら〜
なんや
エッチなもん
見とる〜
アハハ
ただたまたま
ベッドシーンな
だけなのに…
ガラガラガラ

前作でモテない系は都会志向だなどと書いたものの、もちろん全員が都会に住んでいるわけではありませんね。

ああ、私もそこそこ田舎の出なもんで、このお話はすごく実感できるんだよ。

本屋なんて、いくら売り場面積がでかくても、いったいこの広さを何で埋めているのかと思うくらい何も置いてないんだよなあ。CDを売っている店なんて、ツタヤ以外は次々とつぶれていくのだよなあ。映画館だって変なシネコンしかないんだよなあ。

現在都会に住んでいて、うっかりロハスとやらが頭の中で発酵して後先考えずに田舎や南国に住もうとしている方、悪いことは言わないから、お金にものすごく余裕ができてからがいいと思います。お金があれば週一で都会に通えるさ。貴女たちは情報以上に物を欲しているはずなのだ。

私だってのどかな田舎は好きだけれど、もう簡単には住めない体になっちまった。そのことは、心から悲しいよ。

このようにモテない系は理解されにくい。それがゆえに変なフォーマットに当てはめられることもある。

「天然」とは

みね子さんのこの連載をなんとなく読んでいたら、あ、私ってモテない系やったんやーと、気づきました。ＯＬやっていて、若い同僚とそれなりに仲良く、飲み会でもそれなりにわいわいやってますが、なんだか……。

外見は悪くないと思います。そこそこにモテているような気がします。でも中身がマニアックすぎるのか、天然やとか言われます。決してそんなことはないと、思います。思うに、みんな、ちょっと理解のできない部分を「天然」と片付けているのです。たぶん。

このあいだ友達にコンパに誘われて行ってきました。

こういうコンパの場では、あたしは決して趣味とか自己主張をしないことに決めています。それを出しても良い相手のときだけ、出します。すると一人の男の子がかなりの音楽好きやという話題になったので、思い切って「どんなん好きなん?」と聞いてみました。

すると、「ケツメイシ*とかめっちゃ好きやね～」と返されました。

「しまった。あわせられん」と思いましたがもう遅かった。男の子は止まらず、この間のライブがすごく盛り上がったこと、おもにＨＩＰＨＯＰ系がすきやけどＢ'ｚ*が自分の原点であること、宇多田ヒカルのチケットを取るのがどんなに難しいかということ、その入手するコツなど……。えんえんと話してくれてひたすら「へえぇ」を繰り返しました。

そこで私の友達（モテ系）がよけいにも、「この子も音楽かなり好きだよ～」と言いました。ああぁばかー!と思ったけどまた遅く、男の子は食いついてきて、「どんなん好き? ライブとか行く?」と聞いてきました。

わたしは「どうしよう、なんかメジャーなの言わなー!!」とテンパってしまい、思い浮かんだのはその1週間前に見たライジングサン*ロックフェスティバルの、井上陽水でした。

「井上陽水とか……」と言ってしまいました。

……。

「梅子ちゃんて、天然やねー」と、片付けられました。

そういうの天然て言うのか? 言わんて!

モテない系はたまに天然といわれることがあるのでは?と私は思います。

（梅子　26歳　会社員）

かなり底意地の悪い「天然」防止法

根拠なし
女性を「天然」って呼ぶのって、広い意味ではセクハラにあたるんです。たとえばほかの先進国の事例を見て
ご…ごめん…

そう、古代の民が得体の知れない現象を妖怪とか鬼とか名づけて理解しようとするように、モテない系もむりやり「天然」でくくってしまえば一般の方にも分かってもらえる（正確には、分かった気になってもらえる）のかもしれない。たしかに、少し納得できます。

しかしモテない系は「天然」と呼ばれることには大変な抵抗があるだろう。だって世間のイメージでいう天然ってのは要は小倉優子*みたいな人なわけで。

意図してかわいくふるまう「天然」と同じジャンルに分類されるなんて、屈辱以外のなにものでもない。

「天然」と言われてしまったら、内心腹を立てつつもヘラヘラ受け流すという対応だけでなく、ほんとうに怒って全否定するというのも時にはアリだと思います。天然キャラで定着させられたらたまったもんじゃないだろう。

新学年や入学・入社などの折、くれぐれも変なキャラ付けをさせられないよう、いままでどおり自意識過剰にお過ごしくださいませ。

さて、自分そのものにもこだわりがあるけれど、自分以外のものにもつい自分のこだわりを押しつけたくなってしまうのがモテない系です。

mixiコミュ考

　私が訴えたいのは、どうでもいいんですが、非常にどうでもいいんですが、皆さんmixi（mixiというのも軟派な感じですね）されてると思うんですが、mixiのコミュニティについてです。

　コミュニティに入ってると自分の知りたい情報が入るので楽です。なので、私も入っているのですが、そのコミュニティについても自意識過剰を炸裂させてしまいます。

　このコミュニティに入ると、モテ子だと思われる？　モテ子とかぶるかも？　微妙なのはやめだやめだ！　これどうなんだ？　やら、コミュニティの入る数は画面きっちり3×3で9コ。5×5で25コとか。コミュニティ50コとか100コとか無駄に入ってもねえ。などなど。

　それどころか、人の入っているコミュニティについてもいちいち確認してしまい、「好きといわずにはいれない」コミュニティやら、「手をつなぐのがスキ」コミュやら。どうでもええんじゃ！　と毒づいてしまう自分がいるんです……自己嫌悪です。ほっとけばいいじゃないか私！

　どうでもいいんですよ！　人から見ればほんとどうでもいい！　でもこだわってしまう。自意識。いや美意識と言わせてくれ！

　すっきりしました。

（めがね　23歳　学生）

好きで入ったコミュで、トピックにいちいちイライライライラ…
いらないだろこんなトピック!!
最新情報
トピック
XXX…はじめまして
XXX…はじめまして★
XXX…マイミク募集！
XXX…はじめまして♪トピ
XXX…△△LOVEのマイミク
XXX…出演情報
ここだけ有意義

うん、すっきりしてよかった。

これはmixiに入っていないと分からない話だと思いますが、読者の方だったら大半の人が入っているものと見なします。ま、「あえて入ってない」もけっこういるような気がしますが。

なんなんでしょうね、画面ぴったり9コに限ったりとか、50コ（これもぴったりサイズ）に区切ったりとか。

あと、日記のタイトルを全部「墜落。」「復活。」「旧友。」とか、「二文字＋『。』」に決めたりする妙な美意識、な。そのしばりに苦しめられて、北海道に旅したときの日記を「北海道。」にできずに「北行。」にしちゃったりとかね。（あくまでも架空の話ですよ！）

自分を囲い込むとあとで困るんだよなあ。

ちなみに、「手をつなぐのが好き」コミュニティには、なんと約22万人（!!）が入っていますね……（09年1月現在）。「手をつなぐのがスキです☆」「あ、そうスか」としかいいようがないんだが、いったい22万人で何を話し合っているのだろう。

さーモテない系はこんなふうに自分と何の関連もないものにどんどん腹を立ててゆきますよ。次。

マクドナルドに喝

最近のマックのカフェ化志向にとても腹が立っています。三角パイとティーセレクトのちょっとカワイめナチュラルテイストなCM作りにも腹が立ちます。そもそもモテない系はマックにカフェ的要素なんて微塵も求めてないと思うんですよね。だってモテない系御用達純国産ファストフードのモスがあるし。よりカフェ色強めならフレッシュネスとか？

私の中では吉野家＝マックです。

シチュエーション的には『ライブの後に飲み過ぎて、深夜酔い覚ましとシメに吉野家に入る』『CD又は服を買いすぎてスタバに寄る金は無いが、腹を満たしたいからとマックに入る』こんな感じです。

10代なら恥じらいもありそんな状況でも涙ぐましくモスを探すかもしれませんが、20代も後半になると「いっちょ食ってくかー」のノリで一人でも利用してます。この時好みの男子が横にいる場合は絶対しないけど。

そういえばマックの新メニューエビサラダ（？）のCMにはついにモテない系ぽい4人組が登場していましたねえ。食い物遊びなんてしねえよ！って心の中で突っ込みました。私が食べたいのはメガてりやき。

（じゅね　26歳　会社員）

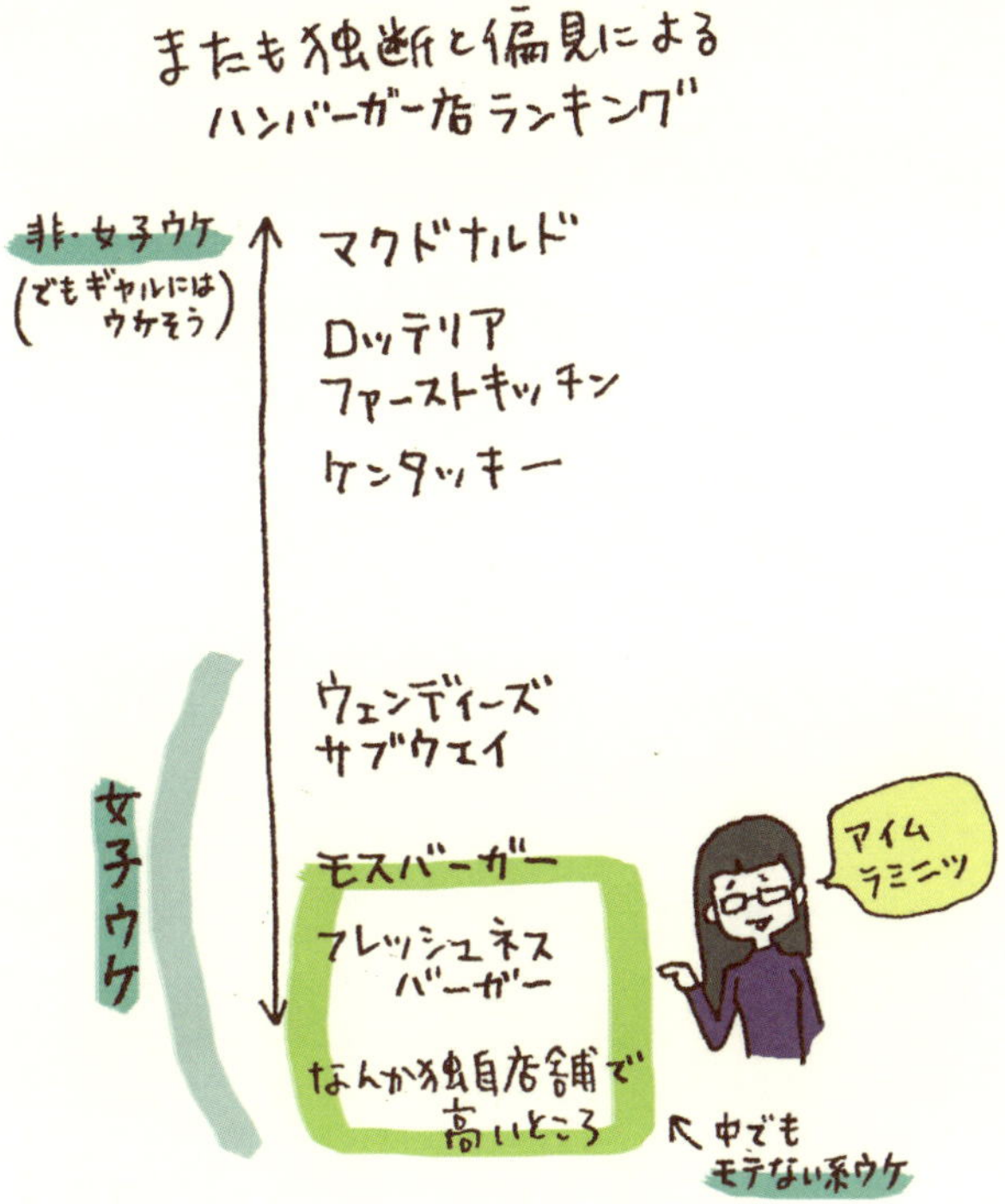
またも独断と偏見による
ハンバーガー店ランキング
非・女子ウケ
(でもギャルにはウケそう)
マクドナルド
ロッテリア
ファーストキッチン
ケンタッキー
ウェンディーズ
サブウェイ
女子ウケ
モスバーガー
フレッシュネスバーガー
なんか独自店舗で高いところ
中でもモテない系ウケ
アイムラミニッツ

マックのカフェ化は確かになんだか腹立たしい。分かります、ええ。ジャンクフードの代表でいてほしいですからね。ついでにいうと、私はモスがやたらナチュラル志向を押し出してるのもあんまり好きじゃないです。昔はもっと内輪なノリだったのだよ、モスは。「モスモス」とかいうミニコミ出しちゃったりしてさ。そのころのモスのほうが好きだったんだ!

　あ、話がずれてしまった。つい「だから何?」な主張をしてしまうのは悪いくせですね。

　エビサラダ(=サラダディッシュのことか?)のCMについては正直知らないので何とも言えないんですが(ここで別に調べないのがこの本の甘さです。よろしく)、マックのCMはモテ系の子を出しときゃいいんじゃねーの?と私も思います。アーィムラミニッとか言ってる時点で超違和感。

　芸能人にも意見してみようか。次いってみよう。

青木さやか結婚に思う

先日、青木[*]さやかさんが結婚を発表されましたが、その発表の仕方やファックスのコメントなどがどうしてもしっくりこないのです。

そもそも、青木さんはモテない系ではないと思うのですが、モテない系のような物言いにどうも違和感を感じます。

だって青木さんは「モテたいけど、私こんなに面白いこと言っちゃっているからなかなかね……どこ見てんのよー！　とか言って勘違い女を演じてる私もなかなか良い女でしょ、ホントは」って人ですよね？　モテないって言ってるけど実はモテるんでしょ？　って言われるのが嬉しい人ですよね？　これはモテない系では全くないでしょう……。

なのに、ファックスのコメントに「ラッキーです」「こんな私と結婚してくれる奇特な人」などと書くことは、モテない系に喧嘩を売っている気がします。これを読んで私（モテない系）は「自分の幸せをこんな風に茶化しちゃうわたしって余裕ある感じでしょ？」と言われていると受け取ります。

まあ、私が酷くひねくれているから、というふうに言われると実はぐうの音も出ないのですが、多分モテない系は「過度の自分を良く見せたいオーラ」を非常に嫌うような気がします。しかも自分の著書と抱き合わせですし。

（もいこ　28歳
グラフィックデザイナー）

青木さやかは局アナ志望で、
元フリーアナウンサー。

こんなふうになってた可能性も。
これはモテない系ではない。

　いやあ、言ったねー。あなたは酷くひねくれてなんかいないですよ、モテない系が全般的にゆるやかにひねくれているだけですよ。

　難しいところだけど、おそらくもいこさんの言うとおり青木さやかはモテない系ではないと思います。おそらく、素はすっごくかわいい女子なんじゃなかろうか。絵文字使うと思うし。「女だけどがんばってお笑いをやってます」感をひしひしと感じる。

　*友近はそのへんのバランスがわりとうまくて、「女を捨てない」ということとお笑いをやるということをどうにか両立しているのだけど、青木さやかはがんばってがんばって女を捨てようとしている。でも全然捨てられてない。だから「こんな私と」「奇特な人」とかいう発言が癪《しゃく》にさわってしまうんじゃなかろうか。

　私としては、芯の通ったモテない系の女芸人を一人挙げるなら*ハリセンボン箕輪だと思っていたのですが、交際の報道が出てから急速にタレントらしくなり、モテない系らしさを失ってしまった気がします（かといってモテ子でもないんだが）。非常に残念です。

　さらに芸能人ネタ、今度は男性芸能人に広げてみましょう。といってもこれは腹を立てているのではない。

加瀬的男子ラヴァー

ふと最近思ったことがあります。いきなりですが、能町さんは俳優の*加瀬亮さんは好きですか?

わたしは結構好きです。突然失礼なことを聞いてすみません。先日、加瀬さんが珍しくバラエティー番組(まあ、*「食わず嫌い」ですが)に出演されていて、わたしは当然加瀬さんが好きなのでテレビを見ていたのですが、隣で見ていた母と妹に、「ねぇー、ほんとうにこの人のことが好きなの?」「どこがいいの?」と順番に訊かれました。

「どこがいい」と訊かれても……とても困ったので「普通っぽいところ」と適当に答えてしまったのですが、加瀬さんの良さをうまく言えない、言い表すことのできない自分を非常に歯痒く感じました。

翌日それをモテない系友達に話すと、なんと彼女も「彼氏に『この人のどこがいいの?』って訊かれた」と、昨日のわたしと同じ会話をしていたと言うので驚きました。

そしてやはり彼女もまた、加瀬さんの良さをうまく説明できない、ともがいていたそうです。

それから思わずアンケートでも採りたくなってしまったのですが、モテない系女子の方々は、加瀬さんファン……とまでいかなくとも、加瀬さんを好きな人が結構いらっしゃるのではないでしょうか?

そして、好きだけど、好きなところをうまく説明できない(なんとなく好き)という方も結構いらっしゃるのではないでしょうか?

能町さん、どう思われますか?(体験談でなくてすみません)

(匿名希望　21歳　学生)

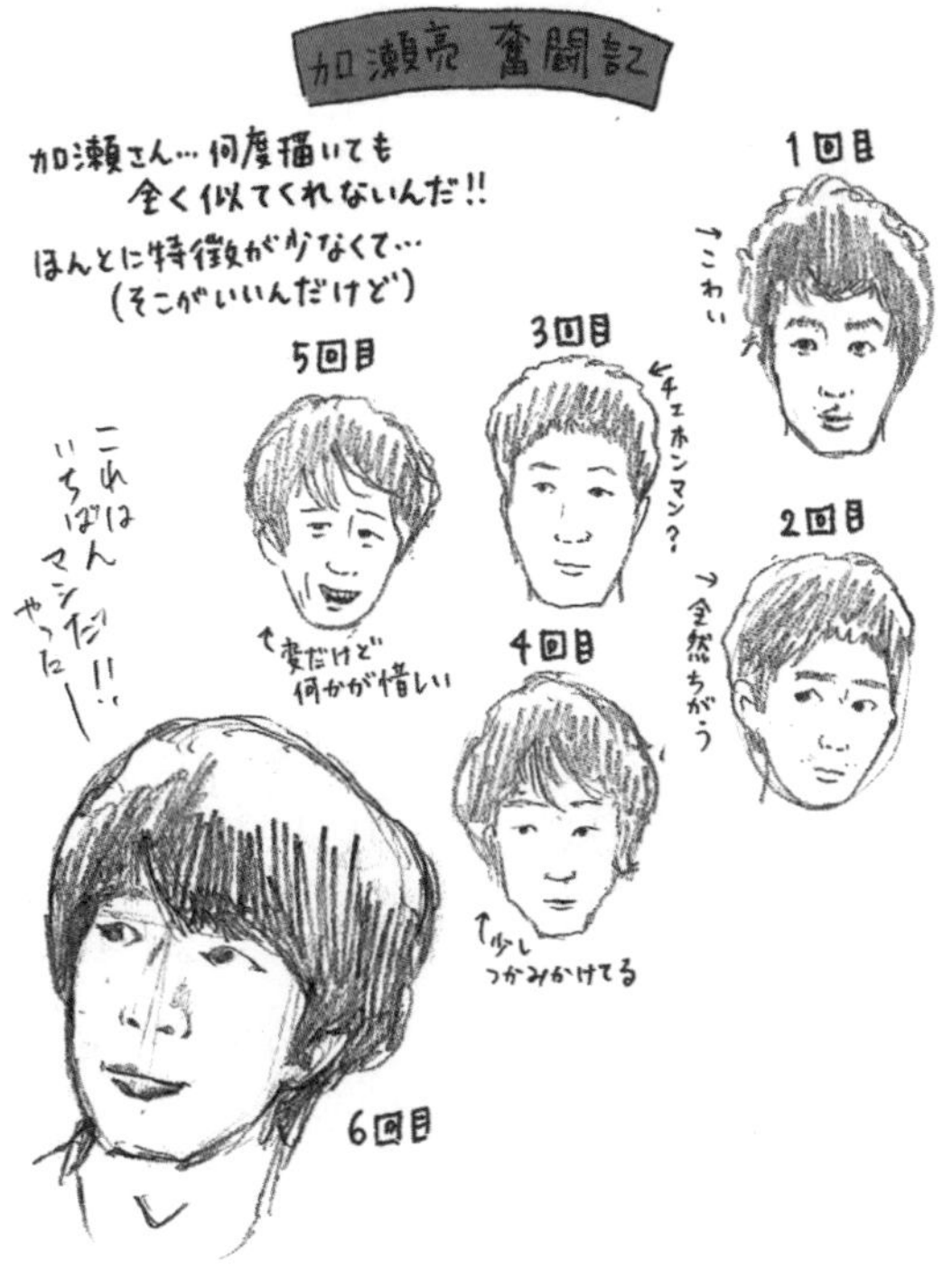
加瀬亮 奮闘記
加瀬さん…何度描いても
全く似てくれないんだ!!
ほんとに特徴が少なくて…
(そこがいいんだけど)
1回目
←こわい
2回目
←全然ちがう
3回目
←チェホンマン?
4回目
↑少し
つかみかけてる
5回目
↑変だけど
何かが惜しい
これは
いちばん
マシだ!!
やった〜
6回目

わたしは、モテない系には加瀬亮ファンがものすごく多いと断言します。みんな好きだよね。ここの読者でアンケート取ったらキムタクの10倍は行くんじゃないか。

どうもモテない系がお熱(死語?)になる芸能人は概して、「誰が見ても美しい顔」ではないらしい。その魅力も、言葉で表現することができない。加瀬亮さんも、そんなに特徴のないお顔です。結果、「ふつうっぽいところがいい」などという説明になってしまうわけですね。分からない人にとっては、普通っぽいのがいいんなら誰だっていいじゃないか、と、理解してもらえない。悲しい。

あえて言うなら、モテない系は作為のないもっさりした男子を好きになりがちです。だから、「もっさり感がいい」と言うことならできそうです。「もっさり感」って何?って言われたらもう次の手はないです。面倒なのでほうっておきましょう。

(この投稿から約半年後、実際にサイト上で『好きな男ランキング』を取ってみました。その衝撃の……というかある意味、納得の結果は80頁で!)

そして考察はさらに奥へ斬りこんでゆく。なんと、おもいっきり業界内(出版系)からのおたよりがきました。自主規制で伏せ字にしまくりなのが残念ですが。

内部告発（笑）

初めてのメール失礼いたします。△△△（註：某雑誌名）編集部のOと申します。

といっても、仕事に関係のないメールです…申し訳ありません。

私の同期にモテ子のバイブル的雑誌『A』の編集をやっている26歳女子がおります。

『A』は、能町さんが作中で書かれているとおり、モテない系の対極雑誌として筆頭にあげられる雑誌のうちの一つであり、カウンターとして我々が存在するためのメインとして、ドーンと世間に居座っている存在なわけですが、それを作っている側の彼女はまさに、メンタル的には超絶モテない系なのです。

「ネタで」入社時にモテ系ファッション誌を志望したら、本当に配属されてしまい、その後何故か「ノリで」女性誌編集の才能を開花させ、いつの間にやらすっかり若手エース扱いになっていた、というよくわからない経歴の持ち主。

ちなみに既婚で、旦那は☆☆☆社（註：音楽系出版社）で編集をやっており、彼女と旦那と私とで集まると会話の内容は到底「モテ」の二文字からはかけ離れたサブカルワードで埋め尽くされております。

私へのメールの返信は「ですかね」「おけ」「どう?」の1行（もちろん絵文字は皆無）で終わるのに、仕事相手になると慣れない絵文字顔文字を駆使！ 余計な時候の挨拶を含め10行は下らない文字量！

人間とはこうも使い分けることができるのか、と、彼女の態度を眼前にすると感動すら覚えます。

そんな彼女は先日、雑誌の付録である某ブランドの小冊子を作成するため、正月早々パリへ出張に飛んでおりました。

「人生ネタだ」と豪語して、「*元スーパーカーのいしわたり淳治と付き合うためには…」と日夜画策する「裏の顔」を封印し、丸一週間近く女性誌編集者としての「表の顔」でいることに疲れ果てた彼女は、あまりにバランスが取れずに辛く、夜中に一人ホテルで延々*フィッシュマンズを聴いて脳内麻薬を出すことでなんとかやり過ごしていた、とのこと。

いやー。器用貧乏ってこういうことを言うのではないか、と思う日々です。

とはいえ、別に無理してそんな生活をしなくても、部署異動するなりしていくらでものうのうとモテない系な日々を送ることができるはずなのに、自らそっちの方向に己を追い込んでいる感があるので、敢えて言うとするならば「ドM・モテない系」と括ることができるかと存じます。

自分のことは棚にあげ、さんざん同期を売った挙げ句に何が言いたかったのかというと……「モテ」を標榜してやまない赤文字雑誌を作っている裏側に、こんなモテない系女子の消耗が隠されているのだ、ということを、ひとえに能町さんに知っていただきたかった、というのみです。

（O　20代　編集者）

ギャル雑誌ツッコミだけで盛り上がり
この人カンッペキにずっと同じ顔してる
ヤバッコレやせすぎ病気やん
アハハハ
赤文字系よりギャルっぽい方がツッコミ甲斐アリ。

内部告発（笑）ゲットだぜ！
　前からわたしも「ああいうエビちゃん*だのモエちゃん*だのの背後で日夜働く編集者はほんとうにモテ系なのか？」という疑問をつねづね持ってきたのです。その疑問が、この投稿で見事に解決しました。

　やはりあれらの雑誌も、多くのモテない系の尽力によって作られていたのです！（いや分からないよ、ほかの編集部員さんはギラギラのモテ系かもしれないし）

　ともあれ、こんなお話を聞くと、ほんの少しあれらの雑誌に親近感が沸くってものです。仕事と割りきりゃ、モテない系だって自己主張にとらわれずにいろんなことができるのさ。

　あ、お友だちには、海外出張時は今後もフィッシュマンズやキセル*などを忘れないようにお伝えください。個人的には、所属モデルちゃんたちに思い切ってそのへんの音楽を勧めて、反応を見てみてもらいたいです……。

　さて、モテない系そのものを分析してくださる方もいらっしゃる。

さらに選り分ける

男受けの子は別種、そう共に思っていたはずの友達Aがいます。

確かに彼女はヒールも履かなければ髪も伸ばさず、カジュアル一辺倒の子でした。ギャル系を毛嫌いし、モテない系であると自称していました。でも、お洒落な子にモテているし、彼氏だってかっこ良い今時の人です。それに引き換えなんだか冴えない私。

ある日、本屋にいった時にAが「*座敷女」を指して「これ、*グレイプバインの田中が好きなんだよね、どんなのかなあ」

私「持ってるよ。貸そうか？」

A「えーーーっ気持ち悪い」

がしょーん。

そう、確かにAは所謂モテ子系ではない。でも、Aの周りのものは、*ナナナンキリコ、*はちくろ、*スティラ、*ポール&ジョー、*ビョーク、*曽我部（*サニーデイも）、ヨーロッパ映画、*アフタヌーンティやフランフラン、服は良く知らないけどカジュアル系ブランド沢山。

一方私は、*伊藤潤二、*古谷実、*兎丸、あーみん、B級ホラー映画、*ゆら帝、ユニクロ、ギター（バンドじゃなく）、眼鏡、図工で作った鉛筆立て、昔のシールが貼ったままの家具（すげー落ち着く）に囲まれている。

書いてみてびっくり、凄い貧乏臭い。

確かにギャル系じゃないけど全然違うじゃん…。そりゃ、モテる訳だよ。そしてモテない訳だよ。

因みにモテない系友人Bに、純文学、*大島弓子（ナナナンや*岡崎は嫌い）、幕末、釣り、仕事が出来過ぎる、映画マニアすぎて傾向が分からない、って人がいますが、この人はやっぱり男の子には受けません。

非モテ系といっても色々ありますね。

そしてこんな風に自分のスペックを書いているあたり、私が一番自意識過剰で痛々しいですね。

（ハマ　28歳　会社員）

モテない系の中でも
洗練があるかないかって
大きいよな
えっ？いや
今日マジすっぴん(笑)
あー、パフューム？
のっち萌えだろ
常考w
ウヘヘヘ
えーメイク？適当…
基礎化粧だけは一応
それなりにしてるけど…。
あ、カプセルってかわいい
よねー。あの人がパフュー
ムプロデュースしてる
んだっけ？
どっちを洗練と見るかは貴女まかせ

ここは触れたくてもなかなか触れにくかったところだが、こんな投稿が来たんだからベタベタ触れていきますよ。

そうです、いわゆる「モテない系趣味」の中でも、よく見ればさらに細かに分かれちゃうんだよな。

分類に関してはハマさんの書いていることで十分語られていると思いますが、モテない系が好む物でも「かわいい・スタイリッシュ」と「ダサかわいい・男らしい」があります。後者のほうばかりに傾倒しているお方は、そりゃもうモテない系の核となっているのでございます。

だって、魚喃《ななん》キリコや曽我部さんやヨーロッパ映画は、見る人によってはマニアックかもしれないが、決して「ダサカワイイ」くはないよなあ。きちんと「かわいい・スタイリッシュ」だよなあ。それに対して伊藤潤二や幕末や昔のシールが貼ってある家具は、胸を張って「かわいい」とは言いにくい何かがあるよなあ……。

でもね……私は後者のほうが、ええと、好きだよ……。実家から持ってきた、お花の描いてある鍋を愛しているよ……。

そしてさらに、モテない系の未来を語る若手論客が現れる。

悲観的未来

私が今一番恐れていることは、いつかモテない系概念がメジャーになったときに、モテない系ということをモテに利用する輩が出てくるのではないかということです。モテに敏感な女子は不利な情報で油断させてのモテ作戦が得意なような気がします。きゃつらにモテない系が侵食されてしまうのは嫌です。

私はこの連載が更新されたあとに友達（モテない系）と「今回もめちゃくちゃおもろかったな……笑。ってか生活と思考を盗み見られてるんちゃうかってゆうぐらい当たってるよな」とか言ってぶふっと笑うのが好きなんです。

どうか、この連載がモテない系女子の間だけでくすぶってくれることを願っています……すみません……。

（ちぃ　22歳　学生）

ありそうなパターン
今年の春は
ゆるクシャ「モテない系」!?
ナチュラルな黒髪
口角は結局上げっぱなし
服はグレー基調
ゆるクシャ
エコバッグ
こんなんモテない系じゃねーよ

私だって正直、「モテない系」という概念が広まるのは少しうれしい。しかし、あんまり広まると、ちぃさんが書いているような危険なことが起こる可能性は十分にある。

「これからは『モテない系』……!?——愛されOL系のエビちゃんに代わって、最近は『モテない系』がアツいらしい。モテない系とは、映画や読書などの趣味を持つ知的な一面があり、一見地味な色合いの服をスタイリッシュに着こなすという個性派のオンナノコたちだ。『私はモテないから』と、他のオンナノコとの競争をあえて避けながらも、外見に手をぬかないからピュアなカワイサがにじみ出ていると評判……!?」

自分でためしに雑誌記事らしく書いてみたけど、血ヘドが出そうだぜ!

中途半端なモテ子が「アタシ、髪、黒に戻しちゃった。これってモテない系かも☆」とか言い出したり、な。「私、モテない系だから、男は中身で判断してるの」とかいって男に寄っていったりな。うえー。

私としては、モテない系はずっと部屋の隅みたいな立ち位置でいてほしいと思うのです。「モテない系」が誤った使われ方をしていたら、みなさん、ただ横目に見ながら露骨に冷ややかな笑いを浮かべてください(それ以上の抵抗ができないのは仕方がないです)。

吉川先生はなんと一般読者として投稿をくださったので、それをそのまま漫画にしていただきました。

「モテない系少女マンガ家」考
吉川景都
はじめまして 吉川景都です! お邪魔します!
能町さんのWeb連載を見ていて常々思っていたこと――…
モテ系
モテない系
このモテ・モテない系の格差は
少女マンガ家界にも存在する
と思う
覚えがすごくある…
デビューが少女マンガ誌
少コミやりぼん等フツーの女子校生の恋♡とかを描いてる作家さんは
伊藤の新連載、期待して下さい♡
本人の自画像
なぜか自分のことを名字で呼ぶ。
それはハロプロとかのアイドルが
松浦は頑張ります!
そもそもアイドルが自分を名字呼びするのも不思議だが…
っていうのと似ている。
これが白泉社とか新書館等のマンガ家になるとパッタリ言わなくなります
モテない系だからです。
白泉社出身

吉川景都（よしかわ・けいと）◇少女マンガ雑誌でデビュー後、フリーに。著書に『わたしオタリーナですが。』（マガジンハウス）、『ねこスペ』（イーストプレス）などがある。

「自画像を可愛くしない」はモテない系にとって鉄則ですよね。（能町）

2章 註

【オダギリジョー】岡山県出身の俳優。主に映画で活躍。実は、デビューは「仮面ライダークウガ」。

【セカチュー】『世界の中心で、愛をさけぶ』の略称。片山恭一の恋愛小説。漫画化・映画化・テレビドラマ化され、ブームとなった。

【HERO】フジテレビ系月9枠で放送された木村拓哉主演のドラマ。木村拓哉は検事役。後に映画化。

【ケツメイシ】ヒップホップ&レゲエユニット。代表曲『さくら』など。

【ライジングサンロックフェスティバル】毎年夏、北海道石狩湾の野外ステージで開催されるオールナイトロックフェスティバル。

【小倉優子】タレント、アイドル。自称「こりん星」出身の宇宙人。ぶりっこ不思議ちゃんキャラで人気。

【青木さやかの結婚】07年10月に、出会って半年の3歳年下のダンサーと電撃結婚。コメントの「一言でいうならば『ラッキー』です」が（一部女子の間で）物議を醸した。

【友近】愛媛県出身のお笑い芸人、女優。ひとりコント、ものまねが得意。

【ハリセンボン箕輪】お笑いコンビハリセンボンのボケ、箕輪はるか。

【加瀬亮】神奈川県出身の俳優。主に映画で活躍。

【食わず嫌い】フジテレビ系列のバラエティ番組「とんねるずのみなさんのおかげでした」のメインコーナー「新・食わず嫌い王決定戦」のこと。毎回ゲスト2組が登場し、お互いの嫌いな食べものを予想する。

【スーパーカーのいしわたり淳治】ロックバンド「スーパーカー」のギター担当いしわたり淳治のこと。05年スーパーカー解散後はプロデューサー、作詞家として活躍。

【フィッシュマンズ】日本のバンド。ダブ・レゲエの要素を採り入れた浮遊感のある曲が特徴。99年、ボーカル佐藤伸治の死去により活動休止。

【エビちゃん】蛯原友里のこと。小学館発行の女性向け月刊ファッション誌「AneCan」の専属モデル。

【モエちゃん】押切もえのこと。エビちゃん同様、「AneCan」の専属モデル。

【キセル】京都府出身の兄弟2人による音楽ユニット。くるりとも親交が深い。

【座敷女】望月峯太郎のホラー漫画。超名作。

【グレイプバインの田中】ロックバンド「GRAPEVINE」のボーカル田中和将のこと。

【ナナナンキリコ】魚喃キリコ。漫画家。少女の繊細な心とリアルな恋愛を描く。主な作品に『blue』『strawberry shortcakes』など。

【はちくろ】『ハチミツとクローバー』の略。美大を舞台にした少女向け恋愛マンガ。淡いタッチで描かれるほのぼのとした青春物語が人気を集め、アニメ化・実写映画化され話題に。

【スティラ】コスメブランド。カラフルでかわいらしいパッケージは、エコを意識したリサイクル可能な素材が使われている。

【ポール&ジョー】コスメブランド。淡いピンクを基調としたデザインが人気。

【ビョーク】アイスランド出身の女性シンガー。グラミー賞やアカデミー賞にもノミネート経験あり。

【曽我部】曽我部恵一。香川県出身のシンガーソングライター。サニーデイ・サービスのボーカルとして活躍の後、曽我部恵一BANDを結成。

【サニーデイ】ロックバンド「サニーデイ・サービス」の略称。

【アフタヌーンティ】キッチン用品を中心とした雑貨を扱うショップ。同名の喫茶店も経営している。

【フランフラン】カジュアルでスタイリッシュなインテリア、雑貨を扱うショップ。

【伊藤潤二】漫画家。怪奇漫画、ホラー漫画を得意とする。代表作に『うずまき』『富江』などがある。

【古谷実】漫画家。代表作に『行け！稲中卓球部』『僕といっしょ』などがある。『行け！稲中卓球部』はアニメ化された。

【兎丸】古屋兎丸。漫画家。代表作に『ライチ☆光クラブ』『彼女を守る51の方法』などがある。

【ゆら帝】ゆらゆら帝国。89年に結成された日本のサイケデリック・ロックバンド。風体とパフォーマンスの濃密さでカリスマ的人気を誇る。

【大島弓子】漫画家。かわいらしい絵柄で物語性の高い作品を描く。主な作品に『綿の国星』『ミモザ館でつかまえて』などがある。

【岡崎】岡崎京子。漫画家。都会に住む女性を多く描く。主な作品に『リバーズ・エッジ』『ヘルタースケルター』などがある。

第3章

男子、その深遠なるもの　その1

モテない系にとって、男子との距離のつかみ方は実に厄介。興味はあるのはまちがいない、しかしどうしたものか。いや、どうしたらいいかは何となく分かるんだ。でもできないんですよね。

誤アピール型

あれは小学生の頃。多分、3年か、4年。当時大好きだった男子の気を引くためにやった行動が、「ゆでたまご先生の『*闘将《たたかえ》!! 拉麺男《ラーメンマン》』に出てきた毒手《どくしゅ》使いの人（蛾蛇虫と書いてガンダムと読む）の物真似」でした。

（※毒手とは……以下、はてなダイアリーより抜粋：中国の少林拳に存在する中国拳法秘伝中の秘伝。朱砂掌とも。各種毒草・毒薬・毒虫を配合して入れた瓶を拳で突き、長い年月をかけて徐々にその毒を増強していくことで完成する。そしてその拳はかすり傷一つ与えるだけでそこから毒が侵入し、やがて相手を死に至らしめるという。少年漫画でよく扱われる。）

砂場に手をつっこみ、「毒手を喰らえッ!!」とラブい彼に攻撃しておりました。勿論、心の中ではとってもドキドキ。海辺で水をかけあうカップル（脳内）のごとく。

あと、当時人気のあったプロレスラーの物まねは一通りやってました。気を引くために。

勿論、全く気は引けませんでした。ただ単に笑われて終わりでした。それどころか若干引いてたんじゃないかしら……今思うと。

そしてクッキーとか焼いてくる女子に嫌悪感抱いてました。ムカつくので「うんこ型クッキー」の製作に勤しむも結局うまく形が出来ず、断念しました。

（アミバ 32歳 会社員）

待てー毒手をくらえー♡
ハァハァ
バッ
砂かけババアまた来たぜ
エンガチョだな
こんなふうに呼ばれるのがオチでは…

一発目から飛ばしてますね。

小学生であれば、恋愛のなんたるかが分からないのはしかたがない。けれども……ラーメンマンネタはないだろう。プロレスラーのモノマネも、ない。ウンコ型クッキーに至っては、いくら小学生とはいえ女子のふるまいではありません。

男子に好き好きアピールするはずが、どういうわけかすべてが「かわいい女子」とは真逆の方向に全速力ダッシュして、がけから落ちてただの男友達になっちゃった。

ああ、いとしいなあ。私はあなたが愛しいです。貴女はたぶん今でも「ウンコ」くらいの発言は平気でできる人なのでしょう。おうよ、私もだぜ！

しかし、アピールしていればまだマシとも言える。次の方はそこまでいきません。

フラグへし折り型

私は、恋愛に対しては寧《むし》ろもうめんどくさいからいらないの境地に入ってしまっています。

や、深層心理では求めているかもしれませんが、お付き合いから結婚、夫婦生活の後の偕老同穴《かいろうどうけつ》までのトレンディドラマを1分ほど、妄想した後に終わってしまいます。ハイハイなるほど、よくわかりましたー、みたいな感じで。

しかも、いざ自分に気があるらしい（情報提供：友人等）人と何らかの機会で会話してそういう雰囲気になった時、謎の防衛機能が発動してしまうのです。

【例題1】恋人とかいないの？作らないの？

【回答例】いないっすよー。寧ろいらないっていうか、無理（↑強調）。

【例題2】えー、結構●●ちゃんのこと好きだけどなー。

【回答例】本当ですかー？ありがとうございますー（棒読み）。で、ここの仕様なんですけど……（以下仕事話でスルー）。

相手の攻撃を展開させません。発射されたミサイルは空中で爆破されるか、チャフで回避します。立ったフラグは全てへし折って行きます。

正直、人の感情を引き受けるのが重い。モテたくないわけではない（と思う）けれども、相手の感情を処理して捌《さば》くのが面倒くさいという、人として最悪の地点に立っています。

はい。彼氏いない暦＝年齢、恋したことだって生まれてこの方一度もありません。きっとこれから先もないんだろうなぁとしみじみ思っています。っていうかきっと、世界で自分が一番大好きなんだと思います。

（eco　21歳　WEBデザイナー）

口数も多くなる。
恋人、いらないってゆーか興味ないってゆーかいても私ムカついて殴ったりしそうだしいない方がいいんじゃないですか、ハハハ、だいたい私のこと好きになる人なんかいたら世も末ですよそれに
すいません
わかりました

ああ。もう絶対つきあえるところまで来ているのに。本人が恋愛自体を希望していないので人の口出しすることじゃないんですが、こういう方の場合、きっと周りはうるさいんだろうなー。私でさえ、つい「そこまでフラグ立ってるなら試しにつきあってみればいいじゃん！」と言いたくなりますからね。

　逆にそれへの当てつけで「恋愛なんぞいらん」主義になっているのかもしれない。

それでも「モテたくないわけではない」とおっしゃる。実にくすぶってるね。

「世界で自分が一番大好きなんだと思います」に共感するモテない系女子は多いだろう。というか、きっとモテない系女子はみんな「自分が大嫌いで大好き」だ。これは100％確実ですね。

　次はさらにモヤモヤしている。

断固拒否型

　恋人どころかろくすっぽ友人知人のレベルにもなれませんでしたが、私の妄想男子に限りなく近い素敵な男性が、現実に身近に存在したことがあります。さらにその男性から個人的なメールアドレスを聞かれるという、我が人生において五指に入るくらいの快挙すら成し遂げました。

　しかしながら、素敵な男性への耐性が常日頃から身についていないためにあっさり挙動不審になり、挙句のはてには「聞こえなかったフリをする」という行動に至ってしまいました。

　その後、会社アドレスに届いた彼のメールにも、恐れ多くてやっぱり返事ができず。下書きフォルダは彼への返信メールで埋め尽くされましたが、結局一通も送信することなく、今となっては彼は幻のような存在です。

　その後も、素敵な男性に対しては目を見て話すことができないため、彼らとは一切縁のない人生を送り続けています。恐らくこのまま一生続くことでしょう。

　こんな私にとって、能町さんの連載は生きる指針です。「これでいいんだ！」という自己肯定感が倍増する、素晴らしい文章とイラストに毎度万感の思いで拍手を送っております。

　ますます、開き直り全開の優雅なくすぶり理論《りろん》を展開してくださることを期待しています。

（つくえ　29歳　WEB制作）

ねえー、あのー、
すいません…なんでさっきからこっち向いてくれないんですか?
きこえてますよね?
ステキだからです…
話しかけないでくれ

「素敵な男性に対しては目を見て話すことができない」これだけだったら、内気なかわいい子としてどこかに需要がありそうです。

しかし、「聞こえなかったフリ」「メールを結果として無視」あたりの行動にはぎゅうぎゅう首を絞められるような思いだ。たまりません。フラグへし折りどころか、完全にフラグを土中に埋めて踏み固めていますね。

うーん、じれったい。「これでいいんだ!」で本当にいいんでしょうか。いや、本人がいいんだからいいのかもしれない。私ごときには強く言えません。きっとモテ子にはものすごく恋愛を後押しされてしまうタイプなのでしょう。どっちかというと、そういう世間の風に負けるなよ、と言いたくなります。

さて、そんなモテない系たちが現実の男子に触れてただれを起こす前に、脳内の妄想男子について少し覗いておきましょう。

男子コントローラー

まわりの人をあーしてこうしてこれ加えて引いて……どうにかしたらこう好みにならないか考えてしまいます。

あの人にメガネかけて髪とひげは伸ばして、服はもっとシンプルに、もっと音楽に興味があって、一人称は僕でー……って結果、絶対に実現不可能。

人の服装ならともかく趣味、しゃべり方、動きまでコントロールできませんよね。っていうかそこまでしたら別人だし、催眠か。

知ってるんですけどね。

（A子　20歳　学生）

BEFORE
AFTER!!
完全に別人だろ
脳内コントローラー
妄想
オレ野球好きっス
僕、音楽は好きなんです

「あー、メガネもいいし髪も声もいいのに、なんで、なんでその服でその靴なんだ」

「あ、あの人はその靴にその服ですごくセンスいいのに、なんでそのしゃべり方なんだ！」

……とまあ、このように、モテない系（というかほとんど私）の脳内は男子に対するじれったさでいっぱいなものですよね。だから妄想たくましくなるのもやむをえない話。

しかしA子さんの場合、ほとんどゼロから作り上げてますよね。下敷きとしている男子の元の色がほとんど見えなくなるほど塗りたくっています。そうまでしておいて男子にじれったさを覚えるのはもはや不条理なり。不条理ばんざい。

そんなモテない系にも青春はあった。甘酸っぱい恋愛のひとつもありそうな高校時代、果たしてどうなのか。次。

ドキッ！はいすくーる★ラヴ

普段は普通レベルの女子高生を演じていますが、私の内面はモテない系……というか、むしろオタクちゃんなのです。

（略）さて、そんな自己欺瞞《じこぎまん》を強いられる学生生活のなかでも、一番私が困ったのが、いわゆる「恋バナ」であります。過去の話ならいろいろでっち上げもできますが、どうも普通のオンナノコは現在進行中の恋バナの方が好きなようです。

なので、絶対にどうしようもできない「教師への恋」を演じてみようと思いましたが、これがなかなか難しく失敗。かといってクラスの頭かるそーな、腰パン見せパンは当たり前、という風な男子には、惚れたふりだって自尊心がさせてくれません。

そこで私が目を付けたのが、クラスで一人浮いてる、前髪をだらんと垂らした背の高い眼鏡男子でした。そいつなら私の自尊心とも折り合いがつきますし、何よりそいつの行動が「不思議ちゃん」（教室がある一階のトイレに行かず、必ず二階のトイレに行く／昼休みは屋上に行くが、鍵が開いていないので屋上の扉の前でぼーっとしている）な感じで、なんだか気になってしまったので、「もしかしたらもしかするかもな……」と淡い期待を持ちながらニヤニヤしたりしていたのです。

が、しかし、高1最後の打ち上げで、私の淡い夢はぶち壊されました。

普段は打ち上げなんて絶対行かない私ですが、友人に「ホラ、○○（眼鏡男子の名前）も来るんだって！」と言われてしまっては、惚れたと言っている手前断ることもできませんし。それに、どんな飛んだカッコでくるかもちょっと気になるし……などと、心の中でブツブツ言い訳を言いながら、打ち上げへと向かいました。

眼鏡男子クンは、まあ当たり障りのない格好をしています。ほうほう、なるほどね、なんてちょっと演技から本気へ傾きかけている気持ちを抱きつつ良く見ると、ちらりと見えるベルトにでっかい骸骨。まあそこまではいいんです。いいんですが……その後打ち上げが適度に盛り上がり、カラオケでも行くか、ということになりました。当然私は聞き役です。歌ったり踊ったりなんて出来ません。すみっこでちぢこまっていると、なんとなく聞き覚えのある音が聞こえてきました。

まわりがなんだかキャーキャーうるさいので、なんだろうと思って見ると、マイクを持っている眼鏡男子クンの姿が。となりの友人が「えー○○クン歌うのー！ よかったねえ、菜ー」などと言っています。そうしてマイクを握り締めたそいつが歌った曲は、某超有名ビジュアル系バンド（GL○Y）の曲でした。

しかも歌い方を微妙に真似しています。真似しきれていません。おまけにヘッドバンギングまでしています。

いやあーやめてえーという私の心の叫びもむなしく、その日から彼をまともに見ることすら出来なくなってしまった倉橋ヨエコ*好きの私なのでした……せめて、せめて陰陽座*にして……

（菜　17歳　学生）

OH YEAH—
(JASRACがうるさいから歌詞省略)〜♪
わー○○くんうまーい
ちっ…せっかく目をつけてやったのに
こういう気持ちになるよな。

マンガを一話分読ませてもらったかのような充実感です。

やっぱりベルトに骸骨が見えていた時点で、少し覚悟をしておくべきでしたね。制服着てるうちはいろいろごまかされるからな。

きっと菜さんはその後もさまざまな幻滅をしていくことであろう。めげるな。

そう、そして、少し大人になって「合コン」などという行事ができようが、モテない系の精神は不動なり。次。

ネタとしての合コン

　学生の間、合コンに行くことにとても抵抗があり（今もですが）、誘いも断り続けていました。でも4回生のときでしょうか、なかなか恋人ができない自分にいい加減焦りを感じ、変なプライドは捨てて一度は行ってみようかと思い切ってお誘いを受けてみました。

　もちろん「まあ、一度はネタでね、ネタよネタ」という自分と周りへの意味のないアピールは欠かしません。誰も気にしないと分かってもしてしまうのです。かえって悲しいのにしてしまうのです。

　実際行ってみても、ザッツ合コンな空気と、別種の男の子たちにドン引き。でも折角きたんだからと、頑張って芝居がかったテンションで同じノリで話してみては、そんな自分が気持ち悪くてやめてみての繰り返し。かなりやりにくい訳の分からん女子だったことと思います。

　人数合わせで無理やり連れて来られてつまらなさそうにしている男子と意気投合していい感じになるという密かな妄想はことごとく打ち砕かれ、「まあ、私もネタで来たしね……」と当日現場でまでしつこく自分に言い聞かせている往生際の悪さ。

　しかも帰り駅まで送ってくれていたメンズたちを、挨拶もせずに振り切って駆け込み乗車。もちろん私が先頭。

　友達を狙っていたあのときの男子、連絡先を聞く隙を与えずにごめんよ。でも結局つきあえたからいいよね。結果オーライ。

（gu‐　23歳　学生）

時間を知りたいだけなのに
今ケータイ出したら確実に「メアドを交換したい人」に思われる…!!
ダメだ、ケータイが触れない…
メアドおしえてよー
あ、いいよー

合コンとモテない系。見事にねじれの位置にありますね。

　ええと、guーさんはけっきょく合コンで彼氏はできなかったわけですよね。よかったと思いますよ。だって、もし合コンで彼氏ができてしまったら……

「どこで知り合ったの？」

「いや、あの、合コン（笑）……っていうか、いや私は別に合コンとか全然行かないんだけど、ネタとして参加したみたいなのが一回だけあって、それでなんか、まさかって感じなんだけど、なりゆきで……みたいな、だからあまり合コンとか関係ないんだけど……」

あー、合コンで彼氏作らなくて本当によかった。こんなことを説明すると思うだけで力士並みに汗が出てきますね。

「ネタで来たと自分に言い聞かせる」「人数合わせで無理やり連れて来られてつまらなさそうにしている男子と意気投合していい感じになるという密かな妄想」など、ポイントを見事に抑えた行為です。

　さて話題は変わりますが、グローバルな現代社会で、モテない系もワールドワイドに活躍しております。そんなわけで、モテない系と海外について、二発。

海外とモテ

普通に生活していると、とてもじゃないけどこっぱずかしくってモテ系ライフ体験なんて出来ないわけですが、海外に行くとこれが突然できちゃったりすることがあるんです！

というのも、外人男子というのは、日本人男子と違って、モテ系であろうとモテない系であろうと、かなり女子に対する見方が違っていて、女子であるというだけでその分類によらずモテ系的に扱ってくれる（まぁ、簡単に言えば寄ってくる）ことが多いわけです。

そうすると、日本ではモテない系コアで生きてる私ですら、ちょーっと「私ってここではモテ？」みたいな気持ちになっちゃって、ちょっと意識がモテ系に踏み入れてきちゃったりするわけです。とはいっても、モテ系コスチュームには絶対袖は通しませんが……。というか、そーゆー衣装じゃなくても、モテ系（らしきもの）になれる！ つまり、モテない系のそのまんまで、いわゆるモテの状態になれちゃうわけです。

となると、日ごろモテの状態に慣れてないモテない系日本女子はちょーっと舞い上がっちゃって、モテを満喫しちゃったりもするわけです。

しかし、そんな非日常的モテ状態も永遠に続くわけじゃなく、日本に帰ればモテない系人生に戻るわけです。なので、「モテない系……でも、心の片隅にモテ願望のある日本女子」は、ちょっと海外に出てみるのもオススメかもしれません。

さーらに、ちょっと飛躍しますが、国際結婚にモテない系が多いのも、こんな理由もあるんじゃ……？

（Aki　30歳
会社員を辞めて現在留学中）

前から思うんだが、日本で見る
西洋男＋日本女 のカップルって
女がモテ系ではないことが
多い。
女の子
地味めだ…

海外渡航経験の少ない私がいうのもナンだが、これは一理あると思う。

典型的モテ系ファッション＋甘え姿勢、というのはあくまでも日本の男子にモテる方法です（日本男子がロリ気味というのは前から言われていることですよね）。

海外ではそういった基準はほとんど関係ないでしょう。むしろ確固たる自分を持った女性が魅力的に思われたりするんじゃないですか。だから海外に飛び出すモテない系が多いんじゃないですかね。

…などと思っていたのですが。この説に自信がなくなるようなお話が来た。

海外でさえモテない系

私はおそらく、既婚のモテない系です。

　いろいろあって海外を点々とする生活なのですが、結婚前に住んでいた南米のエクアドルと言う、比較的陽気でラテンな国でのお話です。

　久々に日本人の女子数人で集まる事になり、そのまま割とオサレなサルサテカ（サルサを踊るディスコのようなもの）に行くことになりました。飲みのつもりで居た私はほぼパジャマ姿だったので、外出のために「とりあえず」な服に着替えて女子6人程で行ったわけであります。

　そこには血気盛んなエクアドル人男性がワラワラおりまして、一緒に行った日本人女子はどんどんラテン男に誘われ、フロアで踊っておりました。……が、私には全くお誘いがかかりません。ラテン男がサルサテカで女子を一人にするなんてありえないのに……。

　よくよく状況観察をいたしますと、私は何にも考えず、ジーンズにベタサンダル、大きめのラガーシャツ（赤と黒の横縞）という服装だったのです。他の女子は、当然、華奢なヒールサンダルにジーンズ、胸元の開いたカットソーやブラウスというお姿。納得であります。

　しかし、私、そんな危なっかしい服などほとんど持ってないし、基本はとっくり型の長袖シャツか、ちょっと気を利かせてチャイナブラウスくらいなんです。なんとも居づらいサルサテカの思い出です。

　女に甘い、ラテン男にも無視された私ではありますが、幸運にも、理工系で手が綺麗で大柄、*筒井道隆を若干太らせたような旦那と結婚出来ました。これは自慢かもしれませんね。


（ねこ@大陸　34歳　専業主婦）

「気」を消しているに等しい状態です
あの東洋人何者？トシも分からん…
ボー
ここのスタッフか何かだろ？

海外でも変わらずモテない系だった、という、前の話をくつがえすお話です。ナンパなラテン男子でさえ、色気を封じた女子には見向きもしないわけですね。

日本で言うならば、コンビニに行くようなかっこうで合コンに来てしまった、というところでしょうか。つまり、海外では「モテ系らしくする」という必要はないにせよ、やはり完全に気を抜いてはいけない、という……まあ、当たり前っちゃー当たり前のことなのですが、こうして実体験を見せられると身に沁みます。海外だから、いわゆる「モテ」に気を使わなくてもいいや、というのはどうやら甘えのようです。

最後に自慢されてしまったのがちょっとくやしいところではありますが（特に「手が綺麗」に反応する女子は多いはずだ）、貴重な体験談をありがとうございました。

さて、章のラストは、毛色の変わった「質問」でしめてみる。

モテ子になりたい！

体験談ではなく質問をする為にメールしました。

モテない系が好きな歌手は「くるり」だとあって、確かにそうだなと思いました。

そこで質問なのですが、モテ子の好きな歌手は何ですか？　私はモテない系ですが、モテ子になりたいと思っています。それができなくても、せめて少しはモテるようになりたいので、その為に知りたいんです。又、他にモテるためのしぐさや言った方がいいことを教えて下さるとありがたいです。更にモテない系のよくやることを書いた上で、それを直したり、そこから抜け出すための方法を教えてください。

では、次の更新を楽しみにしてますね☆★☆このサイトのことを、友達に教えたいと思います↑↑　さようなら（*＾＾*）

（高橋　17歳　学生）

あと、たぶん私より
モテ子に聞いた方が
いいとおもうよ。
モテ塾
バーーン
先生
おしえて
下さい!!

私、この文章にどう回答したらいいのか、すごい試されている気がする。だからあえて載せてみた。

　きっと読者のみなさんも、私と同じことを思うと思うのです。

　すなわち、高橋さん、あなたはたぶんモテ子です！

　少なくとも私の審査ではモテ子合格です。「モテ子になりたい」と堂々と書けた時点で、じゅうぶんにモテ系の素質があります。

　モテない系は、心の壁が高すぎて、「モテ子になりたい」とストレートに言うことができない場合が多いのです。それに、モテない系は、「↑↑」などの便利な表現があまり使えない、厄介な存在です。あなたは使いこなせているのでだいじょうぶです。自信を持ってください。

　あなたは今たまたまモテてないだけで（あと、たまたまくるりが好きなだけで）、基本的にモテ系のはずだし、おそらくその素質は一生失われないです。あえていうなら、くるりよりはナカシマミカとか聞いたらいいんじゃないでしょうか。

　いやはや。こんな相談が来るとは思わなかったぜ。油断していた。回答にご満足いただけたどうかは自信ないけど。

モテない系と男子 ―― その1

元カノが着物女子

このコラムを読んでいると、どうしても元カノを思い出します。「あぁ、いろんなことあったなぁ」みたいなそんな感じです。それとコラムに出てくるモテない系の絵がこれまた元カノに似てるので。特に眼鏡の雰囲気とかね。

浪人のときに予備校で知り合ってつき合い始めて結局僕は東京の大学、彼女は京都の大学に行きました。遠距離恋愛だったのでたまに京都に行ったりしてたのですが、京都駅に着いたら彼女が着物で待ってたのは引きました。

京都でのデートは高そうな着物の小物を扱うお店とか扇子や下駄の老舗をまわって彼女は楽しそうでしたけど僕は何しててていいのかわからずただただ値段が高いことにびくびくしてたのを覚えています。僕にも着物を着ることを強要されそうになったけどなんとか説得して乗り切りましたね。花火大会では浴衣を着ましたが、普段着として着物を着るのはちょっとねぇ……。

彼女の場合、モテ系の子たちと一緒なのは嫌だという意識が強いのかモテ系のものには走らずに、着物にいってる感じでした。まぁいいとは思うけどおれに強要するのはやめてくれって感じでしたよ……。

「モテない系の女性もスタイルに芯があっていいな」って感じだった（たぶん男子の中にはこういう風に思ってるやつけっこう多い）のですが、僕はあの子以降スタイルに芯がありすぎるモテない系はもう無理です。

（遠吠え　22歳　学生）

「もう無理です。」

「もう無理です。」

ガーンガーンガーン……

自分に言われたわけじゃないのに、エコー付きでリピート。

　しかも「ちょっとねぇ……」「やめてくれって感じでしたよ……」「もう無理です。」などの突き放しぶりによって、遠吠えさんがなぜかかっこよさ5割増しに感じる。そしてふられた悔しさも増す（いや私がふられたわけではないんだが）。なぜだこれは。

　そんなわけで、芯がありすぎの着物女子はほんとうにダメだという悲しすぎる具体例を出し、皆さまの気力をしぼませてしまいごめんなさい。次の128頁で体力を回復してください。

モテない系版　好きな男ランキング

1位	加瀬 亮
2位	堺 雅人
3位	西島秀俊
4位〈同票〉	オダギリジョー 松山ケンイチ
6位	瑛太
7位	岸田 繁（くるり）
8位	大森南朋
9位	浅野忠信
10位〈同票〉	佐々木蔵之介 星野源（SAKEROCK）

※2008年12月、ウェブサイト「くすぶれ！モテない系」および携帯サイト「女子nicomi」にて調査。

１位になった加瀬亮さん、おめでとうございます!! これが名誉なことかどうかは自信がありませんが！

しかしやっぱり、「加瀬亮が好きな理由」はあまり人に分かってもらえなさそうです。

『演技に対する考え、発言、ものの捉え方、空気感など自分にとって尊敬に値する』など、具体的に好き好きポイントをあげてくれる方は少数派。

『あのフツーな感じが好き』

『あのゆるい雰囲気が好き』

『やっぱり良い。何がっていうと謎ですが』

どうも理由がぼやけ気味です。みんな大好きなのに、具体的にどこがいいのかは自分でも分からないようです。

また、サケロック星野さんは俳優でもあるため、くるり岸田さんを除いて全員が（ジャニーズ以外の）俳優。

なお、ア○○ンでのランキングで長年１位を守っている木村拓哉さんは１票。ほか、同ランキングで上位を独占するジャニーズ勢に数票ずつしか入らないという、ある意味驚愕、ある意味納得の結果となりました。

（なお、48頁に加瀬さんに関する投稿がありますが、アンケートの時期とは離れていたため、直接的な影響はないと思われます）

第4章

こんな趣味でもいいですか

モテない系は趣味にこだわりがち。その深入りぶり・博識ぶりが男子を引かせてしまうこともあります。でも、好きなものは好きなんだからしょうがないじゃないか。

見えない敵と勝負

まさに「自意識過剰が服着て歩いている」ような私なので、本屋・CDショップは勝負の地です。

違うジャンルの品物を買って、店員さんの印象を攪乱《かくらん》させてナンボなんです。

「はちみつとクローバー」と「多重人格探偵サイコ」をセットで、*「マキシマムザホルモン」と*「ｂｏｎｏｂｏｓ」を一緒に、などなど「この人こういう趣味なんだ〜」と周りから断定されるのを避けるべく、無駄に出費を重ねてます。

誰も私を見てません、そんなことは百も承知なんです。でもやめられないんです。

今は「この無駄な買い物の仕方が趣味なんだ！」と開き直っております。

（３４　23歳　会社員）

でも店員さんってけっこう
見てそうな気もするんだよね
1780円になりまーす
この人、ワンピースはフォローで、ほんとに買いたいのはこっちの水木しげるだろう
ピッ
ONE PIECE

まずは、たくさん同意の得られそうなものから軽めにいきましょう。

自覚があるのはいいことだね。「誰も私も見てません」。はい、その通りだと思います。「本屋CD屋は勝負の地」というのもいいですね。いったい勝負の相手は誰なんでしょう。モテない系は見えない敵と戦っているようです。

私も、「月刊相撲*（マジで愛読）」と「FUDGE*」を同時に買い、心の中では「どんなもんじゃーい」とカメコー（亀田興毅）的雄叫びをあげておりました。

しかし、どんなもんでもありませんよね。店員さんから見ればただ相撲とFUDGEが好きな人です。

個人的には、マキシマムザホルモンとbonobosではまだ攪乱の度合いは足りないと思います。今度はぜひ、マキシマムザホルモン・ジャズの名盤・古典落語、という3枚セットぐらいの気合いを見せつけてやってください。

さー、ディープな世界に行ってみよう。次。

ダム＋仏

今の職場に転職した際に歓迎会の場で趣味を聞かれ、「ダムと仏像の鑑賞です」と正直に答えたら男性社員（普通系）からあまり話しかけられなくなった。別にいいけど。

（アダモ　26歳　会社員）

ダム de デート

送られてきたのはこれで全文でした。簡潔さの中にいろんな気持ちが凝縮されており、俳句のようです。ダムと仏像。ダムと仏像。何度声に出しても、実にいい。

さらに、最後の「別にいいけど」に、実にいろいろな感傷を勝手に感じてしまって、私なんか、まさに山奥へダムでも見に行きたくなります。いや、良さはよく分かんないけど。でも全肯定するよ、私は。

さらにはいろいろ手を広げてなんだか分かんなくなってきそうな次の方どうぞ。

密教＋GS

私は黒髪で、前髪は眉上で切り揃えられてメガネ（黒縁）です。前髪以外はぐるぐるパーマをかけており、長いです。声は低くいつも男性と間違われています。最近は否定もしません。

去年趣味の合う人と結婚しました。

仕事は趣味が高じて大学に入り、そのまま院に行って研究のかたわらバイトしていた博物館に就職しました。

詳しく書きますと、初めは密教に興味があり、その後幅広く宗教（何かを信じたりはしていませんが）→考古学（大学）→墓（院）→人骨（今ここ）。

しかし、他に熱い趣味もあります。

ライブに行くのが好きで、仕事の後には某バンドのスタッフもしています。

小さい頃から音楽が好きで、ユニコーン*→すかんち*→ミッシェル*・ゆらゆら*・ナンバーガール*等→GS全般、他（今のイチ押しは騒音寺*ですね。騒音寺はご存じでしょうか？）という流れで、GSをルーツとして活動している某バンドに惚れ込んでスタッフに立候補し現在に至っています。夫とはそのバンドのライブで出会いました。

仕事とスタッフ活動で私の生活が完結してしまいますが、これで今は満足です。

振りかえればあまりモテない人生です。

一度「外見と中身にギャップがあった方がもてるんじゃあるまいか」と考えてギャル服とかモテ系の服に手を出したことがあります。

二度としません。どうやっても似合わないんです。

髪や化粧のせいかもしれませんが、やっぱりだめでした。続けるうちに自分が崩壊するような不安に駆られて元に戻しました。

マルイワン*か高円寺*でしか服を買いません。

あ、飲み友達もみんなそんな風で特に声の低い三人で「重低音クラブ」を作っています。一人は喫茶店経営でもう一人はエロ本の編集者です。

（耳　28歳　専門職）

酎がいい。
酎《ちゅう》！
さつま白波
だねー
たんたか
たん〜〜

勝手な予想だけど
重低音クラブは焼酎が好きそうね

密教と人骨とGSと騒音寺が好きな女子という時点で、もう日本に1人にしぼられたんじゃないでしょうか？

いやあ、重厚ですね。この話を肴に酒でも飲めそうです。ちなみに私、騒音寺は1回ライブ見たことあります。かっこよかったです。

耳さんのすばらしいところは、この文で見るかぎり全く悩んでいなさそうなところです。これぞ、趣味の合う人と結婚したモテない系の理想とする形です。モテなくたって、こういう形はいくらでもあるのです。崇めたてまつりたい。

お次は、私の周りでも多くの波紋を呼んだ投稿。強烈。

マイ甲冑《かっちゅう》

私は戦国時代が大好きで、というか戦国時代を知る事がライフワークです。生き甲斐。甲冑教室に通ってマイ甲冑を作って、旅行に行くなら絶対に戦国時代の名所があるところを巡るようにして、たまに甲冑を着てボランティア活動なんかをしてます。

以前、その話を男友達の彼女（23歳・ＪＪ系*）に言ったところ「それって時代劇？」と……。

彼女の顔には本当に「？」が浮かんでいて、何度説明しても甲冑を着る情熱を理解はされず「楽しいの？」と返され……そういう時、周りの男性はこっち側には助け舟出さないですねぇ。「ま～あんまりその趣味一般的じゃないからね……」とやんわり話題終了に持っていかれます……。

ま、話を聞いてくれるモテない系の友人がたくさんいるからいいです……けど……。

やっぱちょっと寂しかったりしますよ。

（荒木高麗　27歳　会社員）

あなたもマイ甲冑でステキな彼氏をゲット!!
いいなあ…私もかわいい甲冑ほしいなァ…
買うなら△△工房だよ!!

甲冑がモテにつながる場合の甲冑屋さんの広告(イメージ)

ちょっとみなさん！　甲冑に「マイ」が付きましたよ！　マイカー、マイボウル（ボウリング）、最近はマイ箸などもはやりつつありますが、甲冑界では「マイ甲冑」は当然の単語なんでしょうか。……って、試しに検索してみたらめっちゃヒットしてやんの。びっくり。

いやー、歴史に興味持つにしても、舞妓さんだの大正ロマンだのじゃなくて「もののふ」の方面に行きましたからね。深い。

で、残念ながら、甲冑の話題のときは周りの男性も助け船は出さないと思いますよ、というか、「甲冑を着る情熱」については男性でもなかなか理解者は少ないんじゃないでしょうか。しかし、是非このまま、まさに武将のように気高く強く突き進んでほしいと思います。甲冑の話で引く者など武士の風上にもおけんわ（あれ、女子の話のはずなのに……）。

だいぶ特殊な趣味を渡り歩いてみましたが、次はけっこう層が厚いと思われるところ行きます。首を激しく振って行くよ。

バンギャ登場

私は、所謂「バンギャル」且つ「腐女子*」型モテない系です。

日曜日は何はなくとも同人誌即売会、そして夜はチケット代さえあればヴィジュアル系のLIVEへ。ちなみにその時の服装は、やはりそれなりに黒いもの、そしてアイメイクは濃く、です。収入の殆どはマンガ、CD、そしてLIVEの遠征費（バンギャは自分の好きなバンドを追っかけてなら西日本一周くらいはします）に消えます。

私の趣味を知らない友人や会社の方に休日、趣味の話題を振られた時には「え、だいたい家で本読んだり音楽聴いたりしてて～……」と必死に誤魔化し、触れてくれるなオーラを振り撒きまくりです。

彼氏が居た事もそりゃあ少々ありますが、同人イベントやLIVEへ行く為にデートを断り、それっきりという有様でした。……というかカラオケにもおちおち行けないので（バンギャルは基本的にカラオケ好き＋ヴィジュアル系の曲を唄いたくて仕方なくなってしまう）、彼氏を作ること自体もうめんどくさいです。

そんな私が最近憂慮しているのは、オタクやヴィジュアル系（というか彼らを追いかけるバンギャル）への、マスコミの取り上げ具合です。私達は本来地下でひっそり生きていたいので、ここまでの盛り上がり具合には内心ビクビクしています。

ちょっと心を許す人には自分の趣味を打ち明けても良いかと思いますが、ここまで有名になってしまった所為《せい》で、「え、それって最近テレビとかによく出てるアレ？ BL*とか好きなの？（笑）ライブで○○様～！とかって言うんでしょ？（半笑）」などと言われたらどうしようと思い結局カミングアウトできません（そりゃあ全部事実ですよ）。

その為、私の趣味を知らない人には何ともつかみどころがない人だと思われているようです。……ですが、この世界に足を踏み入れて早10年余り。最早一般人に戻る方法など知りません。これからもこのままLIVEとオタクに生きていくんだろうな、と思っています。

（アイラ　23歳　派遣社員）

あ、V系《ヴィジュアル》のライブがあったのだな
抽象画で表すバンギャ
LIVE HOUSE VK
モリモリ
ゴワゴワ

視界のスミにゴワゴワした黒いかたまりが!?
と思ったらそれはバンギャの群れかもしれませんよ

出ました、バンギャ（バンギャル）兼腐女子。腐女子という言葉はだいぶメジャーになりつつあるけど、もう「バンギャ（ル）」も十分メジャーかもしれません（いちおう説明…語源は「バンドギャル」。主にヴィジュアル系バンドを追っかける女子）。

　で、注目すべきはここです。

『私達は本来地下でひっそり生きていたいので、（マスコミが取りあげるなどの）ここまでの盛り上がり具合には内心ビクビクしています。』

　これは、ほとんどの趣味人……いや、モテない系全般が持つ共通認識ではないでしょうか。

　ほっといてくれ、と。私たちは好きでやってるんであって、注目されたいわけじゃない、と。趣味は違えど、根底は同じなんですよね。

　それにしても、私は前作で「（バンギャから）足を洗い損ねると圏外への道に落ちてゆきかねない」などと言いましたが、アイラさんはおそらく今は問題ない。しかし、「もはや一般人に戻る方法など知りません、これからもLIVEとオタクに生きる」と開き直っています。うっすらと影が……。

　そして次、このタイプの人の投稿は唯一だった。

ジーザスディアマンテ登場

私はジーザスディアマンテ*が好きです。

能町先生はジーザスディアマンテをご存知ですか？（もしご存知無かったらすみません。検索してみてください。）

一見モテない系とは関係ないような服装ですが、実は結構モテない系なのではないかと勝手に思っています。

ピンクはピンクでも、どぎついショッキングピンクしか着ませんし、巻き髪は巻き髪でも、巷にあふれている女がやっているようなゆる巻きではなく、「もう流行らないよ」と言われてもぐりんぐりんの盛り盛りにしています。

モテ子のような色素の薄い服にゆるふわ巻きなんてもってのほか。恥ずかしくて絶対にできません。ショッキングピンクと黒のみです。

合コンなんかに誘われても、男のために着飾ってきたと思われるのが癪なので、そういう時はいつもの服をやめ、ズボンで行きます。友達が圏外ちゃんばかりなので、今まで一度も合コンなんかに誘われたことがないため、取り越し苦労ではありますが……。

メールは文字のみ、音楽はアニソンを聴いていて、今は乙女ゲーム*に夢中です。

全部書いてみたら、私はモテない系ではなくどう見ても圏外ちゃんなことに気付きました。お目汚し失礼しました。


（ライオン　25歳）

こういうことを
実写で行おうとしている方々。

…という理解でよろしいか？
まだまだ不勉強であります…。

ジーザス・ディアマンテ、とりあえずご存じない方は検索してみてください。私もさすがにお店に行ったことはないので完全に雰囲気がつかめているとは言えませんが、サイトで見るだけでもだいたい分かるかと。そして、みなさんが思うでしょう。ああ実に女っぽい、ピンクだしレースだしお花だし、髪巻いてるし……しかし男にはモテないだろう、と。

　私はこれをロリータファッションの上級編、と思っていたのですが、どうも当人たちの間では厳然とした差があるらしく、ロリではなくて「姫ギャル」というジャンルに入るんだそうです。……が、どっちでもいいよ！

　もはやどちらも、ファッションの問題からマニアックな趣味の問題へと突き抜けてしまったという点で一緒だ。うっかり見落としがちですが、ファッションの世界にだってマニアックな深入りの仕方はあるのです。

　私はこれを圏外ちゃんだとは全く思いません。自分のこだわりゆえに世間一般のモテへと近づいていけない、十分にモテない系です。おめでとうございます（うれしくありませんね）。

　はい、ではまた珍しいところに進みます。次。

デス

私の音楽の趣味はかなりマニアックで確実にモテない系音楽一直線だとおもいます。

DeathMetalを聴かれたことはありますか?

小学生の頃からHeavyMetalが好きで特に中学生になるとDeathMetalが好きになり、同性の友達にも受け入れてもらえない音楽でした。男子に好きな音楽をからかわれるのが嫌で高校は女子校に進学したぐらいです。

大学に入ってからは熱は冷めましたが……。

最近職場で私と音楽の趣味が同じという男性がいたので思わずカミングアウトしました。

この手の音楽はファンが少ないのが幸いしてDeathMetalファンというと引かれず、むしろ仲間がいたということで相手のテンションが上がったみたいでCDを貸してもらいました。やはりDeath系です。

J-POPを聴く友達にアルバムジャケットを見せたりDeathMetalを聴かせたら一気に引かれます。男性とドライブデートでDeathMetalをかけたらムードぶち壊して確実に恋愛対象外になると思います。

(hana 28歳 事務所補助者)

ほんとうにこういうカップルに
会ったことがある。
2人でデスメタルばっかり聞いてるよね
ねー
意外…

お名前「ｈａｎａ」はとてもかわいいですよね。でもデスメタル好き。

DeathMetalを聴かれたことはありますか？という質問に対しては「ありません」と即答してしまいます。ごめんなさい。

しかし最近は[*]デトロイト・メタル・シティ以降、デスメタルシーンも活気づいているのではないですか？

いや、根っからのデスメタルファンとしては苦々しい思いしか感じないか。プライドを捨てることができるならば、「ＤＭＣをきっかけに聞いてみたけど、デスメタルって意外といいよ！」というアプローチ法もありますよね。

……ないですね。ごめん。

ところで、わたしが今まで会った数少ないデスメタル好きは、まるで「クラシックをたしなんでおります」と言わんばかりのおだやかな外見・ファッションの方ばかりだったんですけど、他の方々ってどうなんでしょうか。気になります。ｈａｎａさんも、名前からだと到底デスメタル好きとは想像つかないし。

しかしデスメタルなんてまだかわいいものかもしれない。次はなおくどい。

娘

能町さんや読者の方には「何ほざいてんだ」と思われそうな書き出しをしますが、ハッキリ言って私、モテます。

（～外見は「お人形様」的でかなりかわいい、という内容。中略失礼～）

ここまで「可愛い女子」と言うにふさわしい外見を持っていながら、なぜ投稿するに至ったかと言うと、男が寄ってくるのは外見目当ての最初だけで、付き合ったとしても1か月と続かないからです。逆に外見がこれなだけに、内面とのギャップが地味顔の子よりも激しいようで、まさに「引く」という表現の見本となれる勢いでドン引きされる事多数です。

その理由は、小さい頃から「かわいい」なんて言われ続けて来てるので、今更そんな事を言われても「知ってる」とか言ってしまうこの性格にもあると思いますが、一番の原因は「美少女アイドルオタク」な所にあると思っております。

何より好きなのがモーニング娘。

今更と言われたりしますが、全盛期だった頃のメンバーなんて美少女と言える子は1人もいなかったので、興味の対象にもなっていませんでした。

5期以降のホントに可愛いメンバーで結成されている今の子達だからこそ好きなのです。

「何期のメンバーは誰々で、この子はこの曲で卒業した」とか説明できるのは当たり前、振り付けなんてメンバーごとのソロパートまで完璧に踊れてしまいます。ライブに行けば、もさい男達に混じって「推しメン」（お気に入りのメンバー）のTシャツに身を包み、絶叫に近いかけ声を上げながらいい汗かきます。

こんな私と付き合うと、気に入ってもらうために話を合わせようと「見てみたい」なんて言ったが最後、一時停止やコマ送りを駆使しながら「今の♪くーちぐせ……の所の*愛ちゃんの表情をちゃんと見たか！」とか解説されながら、DVDを5時間くらいぶっ通しで見せられますし、娘たちがテレビに出てる時間に電話やメールをしてくると「邪魔すんな」と放置されてしまいます。

こんなオタクな自分を、一般的には痛い奴とわかっていながら、内心誇らしく思っている所は、内面的には立派なモテない系に属するのではないかと思い、投稿させて頂きました。

外見に合わせて可愛い仕草をするのが苦手な所もポイントに加算して頂きたい所です。ちょっと異端ではあると思いますが、わかってくださると嬉しいです。

（ひよっこ　25歳　事務員）

バランスはほんと大事!!
こっちにもっと
加えなきゃ!!
化粧品
コスメ
美容
クリーム
DVD
CD
DVD BOX
CD
グッズ
重すぎる。

はい、確かに異端です。でも立派にモテない系だと思います。この文を読みながら、わたしは何度も心の中で「知らねえよ」とつぶやいてしまいました。

「5期以降はメンバーがホントに可愛い」知らねーよ。「くーちぐせ…の愛ちゃんの表情」知らねーよ。てゆーか愛ちゃんって誰だっけ？ 全然知らねーよぉ。

さらっと「娘」って呼んでるし。そうそう、ファンは「モームス」ではなく「ムスメ」と呼ぶみたいですね。

ただ、このお話で特筆すべきところは、私はオタクかもしれないけど、痛いヤツかもしれないけど…『けっしてかわいくないわけではない！ むしろ外見には自信がある！』という主張が強いことですね。この気持ち、すっごい分かるわー。

私もコアな大相撲ファンですが、相撲が好きだからってデブ専ってわけじゃないんだよぅ、それに、珍しい趣味だからって私自身はオタクっぽい外見はしていないんだよぅ、と必死で主張したくなってしまう。

というか、むしろ変な趣味だからこそせめて見た目はマシに……という意識が働いてしまうのです。私たちはバランスの取り方ばかり考えているね。

次も、パッと見はごくふつうのようで、すごくくどい。

醸造

最初にお断りしておきますが、私は純正モテない系ではありません。

私はほんわかしてるように見えるのと、ぶりっことおだてるのが得意なので、男性からデートのお誘いを受けることはそれなりにあります。

し・か・し

数回デートをすると男性は一様に引いていきます。正直今まで付き合った人はみんなわたしのことをよく知らないうちに付き合うといったひとばかりです（正直、うまくやりました）。

その原因は、私のこだわりすぎな趣味です。

私の趣味は、料理。

これだけだったら一見モテそうな趣味ですが、私の場合全くそんなことはありません。

たぶんモテる子は、かわいくハンバーグとかオムライスとか。もしくはお袋系路線で煮物とか出しまき卵とか作ると思うのですが。

というか私もそういうものを作らないわけではないのですが、私の場合、一から手作りにこだわりすぎ、キムチ、ベーコン、味噌、鯖寿司、煎餅、醤油etc…そういったものを作ってしまいます。挙句の果てには塩を精製したり、納豆を発酵させようとしてます。

……私にとってはとても自然なことなのですが、彼らにとっては不自然なことこの上ないらしく、異常なやりすぎ女だと思われ引かれます。

しかも私は、見た目生活感が一切ないといわれ、料理をすることを期待されないタイプなので、さらに引かれます。

その上、徹夜も多いハードな仕事なのに、睡眠時間を削ってまで料理をしてる姿にも引かれます。

彼らが去り際に言う言葉は、異口同音に「いい奥さんになれるよ……」です。

じゃあお前らが迫ってこいよ、と思うんですけど。

そんな私の将来の夢は、お金持ちと結婚して生活の安定を得、趣味で料理研究家になることです。

（びが　24歳　編集者）

幸せな結婚生活。
なんか この部屋、いつも しょーゆ臭く ない？、
そ…そう？
LABO

ああ、また出てしまった。

「私は純正モテない系ではない」。さっきのアイドルマニアひよっこさんと同じではないか。そう、コアな趣味の方ほどその前提から入ってしまいます。その自意識、大事です。

そして、ご趣味はというと…まさか料理好きから「醤油、塩、納豆をつくる」というところまで入っていくとは思わなかった。もはや料理というよりも、醸《かも》しているではないか。醸造となると、料理よりは実験だ。「アナタ、この味どうかしら」よりは「フォフォ、ついに透明人間になるクスリができたぞな」に近いということだ。

さいわい、うまくふるまってデートまで持っていくのは得意ということですから、醸造だの発酵だのは地下のマッド実験室でこっそりやることにして、お金持ちをさくっとつかまえて結婚してしまいましょう。意外と簡単にいけそうな気がします。

では、ちょっと斜めの角度から入っていくやつ、いきます。

ロハス！

ロハスは私のライフワーク。「川の水を汚さない。体にもいい」という、インドハーブで髪を洗っています。インドから個人輸入した粉末状のさまざまなハーブを、自分の体調や好みに合わせて調合。それに生卵、エッセンシャルオイル、レモン汁、紅茶などを混ぜ、茶色いドロドロのゲル状になったものを髪に塗ってマッサージし、洗い流しています。

3～4日はお湯洗いだけでも頭が痒くならないので気に入ってますが、周囲の理解は得られません。彼氏には「普通のシャンプーでいいじゃん。今までも髪きれいだったよ……？」と言われ、友人には「魔女みたい」と言われ、妹からは「仙人にでもなるの？ 自然を追求しすぎて不自然だよ」と言われています。

夏のある日、彼氏と待ち合わせ。私が近づくと「なんか、草？ 牧場の匂いがする……」と言われました。通りすがりにシャンプーの香りで男を悩殺という技は、永遠に封印です。

（うきょう　30歳　広告代理店の制作）

「髪を洗うのがめんどくさい」が「ロハス」でもいいですよね。

あ〜さすがに
三日洗わないってのは
ナシだよな〜
でも これが
本来の人間の姿…
ふとん

「ロハスは私のライフワーク」。いきなりanan*の真ん中やや後ろあたりにある特集に書いてありそうな文章から入り、一段落目はまるで30〜40代のしっとり系芸能人の書いた美容コラムのようです。そこでちょっとイラッとさせつつも、次にはしっかり自虐で落とす。モデルのような文です。素晴らしい。

ロハスもアレだよねえ、モテ系モテない系を問わない趣味（というか主義?）だし、凛とした女子からカッコいい考え方として支持されているフシはあるけれど、「あのカッコいいロハスさえも、全くモテではない」と言い切ったという点でもこれは価値ある投稿ですね。

お美しい芸能人が実践しているようなことなのに、実際にやってみたら大不評。なんたる不条理でしょう。そして、『自然を追求しすぎて不自然』。なんて素晴らしい言葉でしょう。そんな妹さんに感謝しつつ、これからもその発言はアタマの隅っこに追いやって、『不自然なほど自然なロハス』を続けてほしいものだと思います。ま、彼氏いるし。

さて、次もふつうにモテそうな感じの方です。が。

CMモデルなどもやっていたこともあり、顔もまままあ、スタイルもまあまあ、そして親がアパレル系なので、男性ウケする服と自分の好きなスタイルの折衷もできるんです……（*シャーロット・ロンソンとか、*ザディグとか、*ジルスチュアートを着られるんです……着られるんです……）。

でも…モテないんです……。

理由は、わたしの趣味です。

*ブライス収集（もちろん写真撮影）、ブライスカスタム、*ガンプラ、*ベアブリック収集、妖怪データ収集、ゲーム（任天堂DSを2台買いました）、好きなアーティストは*椎名林檎と*Coccoと*吉井和哉などなど……。

しかも、最大の趣味は読書!! 読書（マンガ含）です!! モテるわきゃーないんです……。

合コンで「へぇー、じゃ、最近何の本読んだ?」に「*鳥山石燕の画図百鬼夜行♪ 解説は*京極夏彦なのー」と答えたときの、彼の目が忘れられません……。

尊敬しているひとは、*みうらじゅんと*ジーン・シモンズなんですけど、いつかモテる日がきますかね?

*伊集院光のラジオ（録音）自虐の歌を聴きながら書いています…だめだこれじゃ……。

（まちばり 24歳 IT系）

モテ要素アリ

合コンにジャージで来るモテ子って
実はものすごくターゲット狭いんじゃ…
はじめまして♡
かわいいけど…なぜその服？
えへ♡
逆に怖い…

まちばりさんも、おそらく外見的にはモテ子で十分やっていけるんでしょう。というか、CMモデルをやっていたこととか、ブランドを具体的に挙げてくるあたりに、やはり「私はほんとはモテない系じゃないの！」というプライドが見え隠れしています。

でも、趣味がなー。本人も自覚しているけど、本人の自覚以上に「やっちゃった感」があるなー。

具体的には、『まちばり』っていう名前、ブライスをもちろん写真撮影、伊集院光のラジオを録音、このへんに、取り返しのつかない要素を感じますね。録音してたらもう、「たまたま聞いた」という苦しい言いわけさえできないもんなあ。あと、公開できないのがくやしいけど、まちばりさんのメルアドは超脱力系で、モテ要素ゼロです。ふふ。

あの、いっそのこと、もっとどっぷりモテない系でいったらどうですか？ 外見の良さ（おそらくかなりお美しですよね）のせいで身動きがとりにくくなってる感があるもんね。

あの、アンタ、明日からジャージね（運動部の先輩口調で）。今度合コンあったら、その時もジャージで。

さて、趣味面で、モテ系への飛躍（？）をこころみる方もいます。

モテ彼とつきあってみる

昭和歌謡と*つげ義春などの*ガロ系漫画を愛し、よく行く店は古本屋とヴィレッジヴァンガードという私はその趣味ゆえに周囲から一歩引かれた存在でした。高校生になってからはBLにまでハマってしまい、私の人生、異性交遊から遠ざかる一方なのねと、番《つが》いになった神モテ子に痰を吐きつつ、なかば諦めかけていた大学生の春に、奇跡が起きました。

　彼氏が出来たのです。

　しかも彼氏は男版モテ系とでもいいましょうか、白い歯の似合うさわやか系ボーイでブルガリの香水の匂いが漂い、私のような陰気者とは相容れないような男性でした。

　しかも音楽はGLAYを好み、映画はハリウッド中心という趣味の合わなさ。

　付き合い始めは困惑の連続でした。カラオケでは彼の歌う歌は全然知らないし、映画に付き合えばハリウッドの特殊効果に酔って気分が悪くなったり。今ではネタになりますが当時の私はかなり疲弊していました。

　しかし彼自身のことは好きだったので、結局私は妥協しました。

　今の私は髪を巻き、ミュールを履いて彼と*セカチューを観に行けるまでに成長しました。まあ、異文化コミュニケーションだと思うようにしてます。

　彼には一切私の趣味を隠しておりますが。これまで通りひっそり愛好しております。

　といいますか、モテない系趣味って周囲に知られず没頭する方が楽しいですし。

（サブ　21歳　大学生）

モテない系による
懐柔策に気をつけろ!!
大変じゃない?
堂々とマンガ読みたくない?
ヒィイイイイ
コンタクトつらくない?
ムリしなくていいんだよ?
…いやいや、そんなことしないさ…
幸せにおなりなさい

モテない系の好むオトコはさまざまとはいえ、そういうタイプを好きになるとはこれもなかなか貴重な存在です。しかもつきあうにあたって自分を曲げて、『彼が好きだから』と髪を巻き、セカチューを見る。ここまでできるモテない系は果たして何人いるだろうか。その彼が一体どれだけの魅力を発しているのか、実際に（単に外見を）拝見したいほどです。

「異文化コミュニケーション」。まさに言い得て妙。いくら自己主張の強い女子だって、海外に行ってまで好きな邦楽やお笑いについて主張はしないでしょう。異文化に歩み寄ることによって自分をモテ子へと少しずつ変えて行くことができるという、驚くべき投稿でありました。

とはいえ、趣味は隠して続けてるんだよね。私としては、少しずつそれを小出しにしていってほしい。モテない系からモテへと仲間が飛び立ってっていくさまを見るのは、私としては微妙な気分です。足引っぱりてぇー。

しかし、さんざんこうしてメジャー感のある趣味を皮肉気味にとりあげてくれれば、当然こういう投稿も来るわけです。次。

B'zはダメですか

モテない系女子の好きなミュージシャンのことですが。

モテない系で、くるりやバンプ*を好きな人は幸せだと思います。だって、モテない系同士で集まったとき堂々と好きなミュージシャンの話、できますから。

私、B'zが好きなんです。B'zが好きなんて、モテない系同士でも、よほど気心の知れた人が相手じゃないと鼻で笑われかねないので、言えないんです。

過去の一例。うっかりモテない系にB'zファンだとバレてしまったとき。

「え？　B'z？　ピーズ*じゃなくて？　へぇ……あ、そう……どうして普通のバンド、好きにならなかったの？」

なんだよ、普通のバンドって！　と言い返したかったけど、できずに「アハハハ……」と曖昧な笑顔を見せたときのこと、今でも忘れられません。

いや、分かってます。分かってるんです。私だって、うっかりB'zにハマったばかりの頃、CDショップのレジに、一気にCDを5枚持って行って会計してもらうとき「あああああ、私、B'zなんて買ってる～」と、ものすご～くいたたまれない思いをしましたもん。これが「くるり」とかだったら、たぶん全然平気だったろうに……私……。

ほんと、声を大にして言いたいです。

モテない系でも、B'zとか（たぶんGLAYとかラルクとかもそうでしょう。あと、オレンジレンジとか……）にうっかりハマった人がいるはずです。でも、きっとみんな、堂々と言えずに、胸の内にしまいこんでいるだけなんです。

（A子　37歳　派遣社員）

「B'zが好き」は微妙でも
なぜか「稲葉さんが好き」は
わりと受け入れられやすい気がする。

B'zの松本さん!!
キャー♡♡
ごめん…
誰？

どうせなら少数派に!!

「モテない系は趣味がディープ、基本的に売れ線は外す」なんてことを私はかつて言いまして、確かに売れ線の代表格としてB'zを挙げたりしましたよ。でも、それはモテない系の絶対条件じゃない。趣味が○○だからモテない系じゃない、なんて決めつけはできません。

　だいたい、A子さんの周りの人の言う「普通のバンド」とはいったい何なんだ。むしろ一般社会ではB'zが普通のバンドですよ（2人組が「バンド」かどうかはおいといて）。けしからん。モテない系が「普通」とは、思い上がりも甚だしいではないか。

　A子さんも自信を持って、モテない系に属しながら稲葉さん（松本さん？）を追いつづけるべきだと思います。私もカラオケでルナシーやラルクをバンバン歌いますとも。

たかせ先生、完璧すぎです！ びっしり書かれた文字に一部の音楽好きだけがニヤニヤとうなずく。

たかせシホ（たかせ・しほ）◇OL生活を経て「フィール・ヤング」でデビュー。著書に「高瀬志帆」名義で『あいどる』全３巻（スクウェア・エニックス）、『東京絵日記』（小学館）などがある。

で、あくまでも自称「ミーハーで薄い」。そういうところが大好きです。（能町）

3章　註

【闘将!!　拉麺男】漫画家ゆでたまごの人気作品『キン肉マン』のスピンオフ作品。主人公はラーメンマン。アニメ化もされた。

【倉橋ヨエコ】愛知県出身女性シンガー。ピアノの弾き語りで歌われる曲は、自称「ジャズ歌謡」。08年をもって「倉橋ヨエコを廃業」した。

【陰陽座】ヘヴィメタルバンド。キャッチフレーズは「妖怪ヘヴィメタル」。02年にアルバム『煌神羅刹』でメジャーデビュー。

【筒井道隆】京都出身の俳優。テレビドラマ・映画で活躍。

4章　註

【はちみつとクローバー】2章註「はちくろ」参照。

【多重人格探偵サイコ】原作：大塚英志、作画：田島昭宇による漫画作品。小説化、ドラマ化、舞台化もされた人気作品。

【マキシマムザホルモン】東京都八王子市出身のミクスチャーロックバンド。デスヴォイスやヒップホップなどを多用した、激しいながらもポップな曲で人気。

【bonobos】日本のバンド。レゲエを基調としたポップな音楽性で人気。

【月刊相撲】ベースボール・マガジン社発行の相撲専門の月刊誌。日本相撲協会機関誌。

【FUDGE】三栄書房発行の月刊ファッション誌。モード系のハイファッションを掲載。

【ユニコーン】奥田民生率いる、広島県出身のロックバンド。93年に惜しまれつつも解散するが、09年に活動再開。

【すかんち】ROLLYを中心とした日本のロックバンド。奇抜なキャラクターで人気を得たほか、曲や演奏のクオリティの高さでも評価された。96年に解散。

【ミッシェル】ミッシェル・ガン・エレファント。日本のロックバンド。ガレージロックをベースとした、鋭利さを感じさせる曲で人気を博す。02年に解散。

【ゆらゆら】2章註「ゆら帝」参照。

【ナンバーガール】向井秀徳率いる、福岡県出身のロックバンド。99年にシングル『透明少女』でメジャーデビュー。02年に解散。

【GS】グループサウンズの略。60年代後半に日本で流行した、ギターを中心としたポップス、ロックの音楽グループのこと。今では、ジャンル名としても使うことがある。

【騒音寺】京都を中心に活動しているロックバンド。泥臭い歌詞・パフォーマンスで人気。

【マルイワン】関東を中心に展開しているファッションビル「マルイ」の一店舗。個性的なファッションを取り扱う店が多い。新宿にある。

【高円寺】東京都杉並区にある中央線の駅名。またはその周辺の地名。古着店が多く立ち並ぶ。

【JJ】光文社発行の女子大生・OL向け月刊ファッション誌。「愛されOL」をキーワードとしたかわいらしい「モテ系」のファッションを掲載。ピンク率高し。

【腐女子】BL（次項参照）作品が好きな女性のこと。

【BL】男性同士の恋を描いたマンガや小説の総称。特に、読者ターゲットを女子に向けたものを指す。多くは実際の男性同性愛より極端に美化されている。

【ジーザスディアマンテ】大阪で生まれたファッションブランド。ピンク、フリル、リボンを多用したお姫様のようなファッションが一部の女性に大人気。

【乙女ゲーム】主人公（女性）が素敵な男性と恋愛する、女性向け恋愛シミュレーションゲーム。

【デトロイト・メタル・シティ】デスメタルバンドを描いた若杉公徳のギャグ漫画。OVA、実写映画化されて話題に。

【愛ちゃん】モーニング娘。の6代目リーダー、高橋愛のこと。5期加入のメンバーの1人。

【anan】マガジンハウス発行の10代～20代女性向け週刊誌。恋愛、占い、ファッションなど多岐にわたって特集する。「好きな男・嫌いな男ランキング」などの企画で有名。

【シャーロット・ロンソン】ファッションブランド。シンプルでガーリーなデザインで人気。ティーン向けブランドとしてはやや高価。

【ザディグ】ザディグ・エ・ヴォルテール。ファッションブランド。シルクやカシミヤなど上質な素材を使用している。

【ジルスチュアート】ファッションブランド。ガーリーでかわいらしいデザインで人気。

【プライス】大きな目が印象的な人形。パルコのCFに起用されて人気が高まる。プライスをカスタム（髪を変えたり、服を作るなど）したり、撮影したりするファンもいる。

【ガンプラ】アニメ『機動戦士ガンダム』に出てくるロボット（モビルスーツ）のプラモデル。

【ベアブリック】メディコム・トイ社製のクマの形のフィギュア。様々なブランドとコラボレーションしている。

【椎名林檎】福岡県出身の女性シンガーソングライター。ソロとして活躍後、バンド「東京事変」のボーカルに。98年にシングル『幸福論』でデビュー。

【Cocco】沖縄県出身の女性シンガーソングライター。内省的な歌詞も特徴のひとつ。

【吉井和哉】東京都出身のミュージシャン。元THE YELLOW MONKEYのボーカル。06年より吉井和哉としてソロ活動開始。

【鳥山石燕の画図百鬼夜行】鳥山石燕は江戸時代の妖怪浮世絵師。画図百鬼夜行はその代表作。室町時代に描かれた妖怪絵図と違い、1点1点に名前を添えた図鑑形式で描かれている。

【京極夏彦】作家、妖怪研究家。代表作に『百鬼夜行』シリーズ、『巷説百物語』シリーズなどがある。

【みうらじゅん】イラストレーター、小説家。「マイブーム」「クソゲー」「ゆるキャラ」など様々な用語・概念を生み出した。

【ジーン・シモンズ】アメリカ合衆国のバンド、キッスのベーシスト。プロデューサーや俳優としても活躍。

【伊集院光】タレント、ラジオパーソナリティ。テレビで見せる雑学知識豊富なデブキャラは「白伊集院」、ラジオで見せる毒舌たっぷりのキャラは「黒伊集院」と呼ばれる。

【つげ義春】漫画家。「ガロ」（次項参照）を中心に活躍。代表作に『ねじ式』『紅い花』などがある。

【ガロ（系漫画）】青林堂発行の月刊漫画雑誌。02年に廃刊。白土三平『カムイ伝』、つげ義春『ねじ式』、水木しげる『鬼太郎夜話』など名作を多数生み出した。

【ヴィレッジヴァンガード】「遊べる本屋」をキーワードに、書籍や雑貨、CD、食品などを扱う。岡田あーみん作品を未だに大きく扱っているモテない系の根城。

【セカチュー】『世界の中心で、愛をさけぶ』。2章註参照。

【バンプ】バンプオブチキン。1章註参照。

【ピーズ】the ピーズ。ロックバンド。男臭いパフォーマンスと単純ながら内省的な歌詞が特徴的。

第5章
モテない系だって結婚します

モテない系も、彼氏がいることもあれば結婚することもある。しかし、結婚しようとも、モテない系はモテない系のままなのです。性質ゆえの悩みはつきない。

結婚式はしない

最近、結婚をしました。

相手は学生時代のサークルの先輩で、ダラダラと何年も友達をしたあげく、「なんか楽だしいっかぁ」と結婚してしまいました。もちろん地味婚……というか入籍と同居だけです。だって、結婚式とか披露宴とか、恥ずかしくていたたまれませんよ！

ですが、ですがですが、ウエディングドレスには憧れがあるのです。着てみたい。結婚なんて機会を逃したら、一生着られないかもしれない。でも人様に生で見られるのは恥ずかしい。

そんなわけで、「新郎新婦だけの」「写真だけの結婚式」で、ウエディングドレスコスプレだけはしようと、現在画策中です（写真を見せるのは別に恥ずかしくないです）。

あと、特に披露宴もせず、苗字も変えずに仕事を続けているので仕事先の皆さんは私が結婚したことをあまりご存知ないのですが、ひょんなことから結婚したことが知れた時の皆様の反応が、見事に一緒です。

まず「うっそー（信じられない！）」とひとしきり驚いた（ややニヤけ気味に）あと、「頑張ってね！」と妙に（キラキラお目々で）応援されるのです。

私なんぞが結婚できるということに驚き、そこに希望でも見いだしてくださっているのでしょうか。上記の反応をなさる方は、いわゆる「負け犬」様達でございます。

（ささきゅ　30歳　会社員

（クリエイティブ系です。ぷっ））

あっあの
あくまでも
コスプレだから(笑)
コスプレとして
このくらいは
アリかなー
みたいなー
わー すごいかわいい
キレイー
見せたいきもちと恥ずかしさの
猛烈なせめぎあい
(でも一応見せる)

職業欄は、書いてあったままの表記です。「ぷっ」と、つい自嘲せずにはいられない。いいですね、そのへん。

　さて、まずこのような、結婚式や披露宴が恥ずかしくてできないというタイプ。負け犬様から希望の存在だと思われているならば、ド派手に式をあげることだって後ろめたくないはずなのですが、そこは決してしない。きっと親だの夫側からだの、式をしろというプレッシャーだってあったでしょうに、それに耐えてまで断固、式はしない。

　しかしドレスだけは着ておきたいという乙女心。それも、人に見せびらかすというよりは自分の満足のため。

　ある意味実に奥ゆかしく女子らしいです。でも今の世間はこういうのを女らしいと言ってくれないらしいぜ。

　次は、式は一応したけど……という方。

結婚式はするけど、演出なし

昨年結婚したのですが、披露宴の演出にそれはもう悩み抜きました。

結婚式の演出には、

・感極まった司会のアナウンス「新郎新婦の入場です!!」で入場（BGM大音量）
・周りの人たちのカメラのフラッシュを浴びながらカメラ目線の笑顔でケーキカット
・キャンドルサービス

などがお約束であるんですが、それがもうイヤでしょうがなかったのです。何それ!? 私お姫様気取り? ムリムリ!! と想像しただけで恥ずかしすぎて……。結局担当の人に「ほんっとうにやらないんですか!? いいんですか!?」と念をおされつつ、それらの演出は一切なしの披露宴になりました。「一生に一度だけなんだからやればいいじゃない」という人もいますが、やらなかったことに後悔はありません。「らしくない」ことを無理してやる必要はないですよね……。

友人の時はお世辞抜きに嬉しいですし、「いい演出だったね～」と心から感動できるのですが、なぜか自分はそうはいかないのです。

ちなみに挙式はもちろん、神前式です。しかし結婚式場の中に造られた神殿はイヤだとゴネて、市内の古くて大きな神社で挙げました。だって作り物の神殿でってなんだかウソっぽいじゃないか、という考えが拭《ぬぐ》いきれず。当然、教会挙式なんてはなっから頭にありませんでした。

「こういうイベントなんだから」と割り切れずに、人生の節目でも自分のスタイルを通してしまう、まさにモテない系です。

（タカイ　27歳　SE）

ほんとうにどうでもいい場合
あ〜なんか私
どーでもいいや
適当に決めてよ　従うから
え？、オレ？、
ふつう立場
逆じゃね？、
ズイ
ゼクシ〇

お決まりの演出が恥ずかしいのは、心底同意。……なのですが、そのあとにさりげなく書いてある「もちろん神前式です」という文の方が気になります。神前式なのはタカイさんにとって「もちろん」なのですね。しかも、作り物の神殿はウソっぽい、まして教会挙式なんて頭にない、というところが次の方と重なってきます。

そんなわけで、次はこれから挙式の方からのお話。

これから結婚式

さてこのたび、私にしてはだいぶうまいことやって結婚の算段をとりつけました。おめでとう自分。で、なぜわざわざこんな話を投稿しているかというと、伺ってみたいことがあるからなんです。

みね子さんは憧れの挙式スタイルってありますか?

どうにも過剰な自意識が邪魔をして、式の挙げ方がわからなくなってきているのです。

色々考えているのですが、まず、ホテル併設のおしゃれチャペルで量産型あこがれウエディング☆なんてのが自分のなかでありえない。かといって信徒なわけでもないからストイックな本格的教会での挙式にも踏み込めない。神式でもいいけど、この時期紀*香的なにかが気になってどうにも。いっそのこと人前か? それとも仏前なのか? 家に仏壇すら無いのに思考が迷子です。

挙式スタイルで悩むモテない系はほかにもいるのでしょうか。

（李徴おまえもか　27歳　教員）

人の結婚式見るたびに
「こういうのはやだな〜」と
いちいち考えるイヤ〜なモテない系
新郎新婦がゴンドラにのって登場です!!
パチパチパチ
うわーぜったいありえねー

まず最後の質問にお答えしましょう、挙式スタイルで悩むモテない系は、このたび大量にいるということが証明されました。これでひとまず安心ですね！

李徴おまえもか（すごい名前だ）さんの悩む理由は「（キリスト教の）信徒なわけでもないから」「紀香的ななにかが気になり」「家に仏壇すらないのに」。このへんに、細かなひとつひとつのポイントも決して「ま、どうでもいっか！」という方には流せないモテない系のめんどくさい几帳面さが現れております。

さて、結局どうしたんでしょうか……。「悩むのがいやになって結婚式自体をやめた」という結果になっていなければいいんですが。いや、それでもいいのかもな。

あ、ちなみに私の「憧れの挙式スタイル」については黙秘いたします。

そんなこんなでどうにか結婚したあとも、さらにいろんな悩みが襲ってくるのだ。次。

ニコイチ

教えてください! 友達との付き合い方がわからないのです。

私も「結婚式や披露宴が恥ずかしくてできないタイプ」です。去年結婚したのですが、挙式は神社(お宮参りや七五三でお世話になりました)、披露宴はせずに両家の家族だけで食事会をしました。結婚報告はごくごく親しい友達のみです。恥ずかしくて言えやしねぇ……。

女30歳。周りはチラホラ結婚していき、既婚と独身の比率は5:5といったところでしょうか。私は独身時代と同じように彼女たちとつきあっているつもりなのですが、結婚したとたん彼女らの対応が変わってしまい戸惑っています。

まずは独身の友達。休日に遊ぶ約束をすると「ダンナは放っておいていいの?」「ダンナおるから早く帰った方がいいんじゃない?」と言われます。逆に問う。ダンナのことは放っておいてくれないか、と。

また何か相談をすれば「結婚できたんだからいいじゃない。」すべてのオチはコレです。ダンナのことで悩んでいるならともかく、しょうもないことなんです。辛い……。

独身の友達の1億倍ほど困っているのが既婚の友達。会うたびに結婚式、新婚旅行、新婚生活、ダンナの話を聞かされます。うんざりです。「彼女らが盛り上がってるのは新婚の時だけ。今だけだよ」と母は言うのですが、これから「家族ぐるみのおつきあい」に発展しそうで……。

すでに「新居にご招待withダンナ」イベントにうんざりです。魔の玄関にはウエルカムボードと結婚式の写真が飾ってあり、リビングに入ると結婚式&新婚旅行のメモリアル攻撃が始まります。ひどい時には上映会まで。

私はダンナとのツーショット写真すら友達に見せたくないほどなのに、なぜ彼女らが見せまくるのか理解できません。「君の結婚式、出席したっちゅーねん! えーかげんにしなさい!」とツッコミたくなります。どどどうして欲しいねん。

ダンナの話よりもジャル*ジャルの話がしたいです。結婚式の話よりもあらびき団*の話がしたいです。新婚旅行の話よりも逆境無頼カイジ*の話がしたいです。独身の頃と同じような1対1の付き合い方に戻すにはどうすればいいのでしょうか?

女の友情に男の話は無用なんです。「ダンナとニコイチ」にするのやめて欲しいです。大人の付き合いって難しいっすね……。

(銀杏GIRLZ　30歳　受付)

あーもう
アイツはええねん
しゃべっても
カミカミやし
しょーもな
ダンナさん
さみしがらない？
帰らなくて
いいの？
ねえダンナは？
ダンナはいいの？
ほっといていいの？

コンビは解散せずソロ活動

ああなんてことだー。結婚したとたんに女子は個人でなくなってしまう。悔しいことに、男子はけっこう個人のままなんですよね。

私としては、せっかくダンナを気にせず動き回れる環境にいるんだから、まったく気にせずどんどん独身の友だちとソロ活動をしていくべきだと思います。「ダンナはだいじょうぶ？」は私もつい聞いちゃうけどな。たぶん、「風邪ひいちゃった」に対する「だいじょうぶ？」みたいなもので、反射ですね。すいません気をつけます。

ダンナと一体化しつつある既婚の友だちについては、このままダンナと融合して付属品となってしまうのかどうか、もう静かに（あるいは逆におもしろがって）動向を見守るしかないでしょう。

そして、そのうち子どもができるとこうなる。次。

愛する我が中の人

去年の話ですが、長い長い同棲の末、いつの間にか結婚しました。ようするに婚姻届を出しただけです。

色んな妄想が邪魔をして結婚式・披露宴は断固拒否をし、なのに写真だけは「コスプレ願望を満たすためよ」と周りにしなくてもいい言い訳をしてばっちり撮りました。

そんな私ですが、最近、妊娠しました。初めての妊娠で嬉しいのは嬉しいのですが、不安なことも多く、ネットや本で情報収集する訳ですがあれって絶対モテ系母対象の情報です。

特に虫唾が走るのが「ベビちゃん」という言葉。

私はお腹の子のことを「中の人」って言っております……。

挙句の果てに病院でもらった冊子には記入出来るスペースがあって、

「赤ちゃんを迎えてどんな気持ちですか?」

「赤ちゃんはどう思っていますか?」（赤ちゃんの気持ちになって考えてみましょう）

「お腹の中の赤ちゃんに名前を付けて呼んでみましょう」

とか書いてあります。

この冊子は病院主催の母親学級で使うそうです。こんな拷問みたいな教室には行けそうもなく、今のところ、仕事が忙しくて休めないということにしています。ネットも雑誌も病院も何だか逃げ場がない気分です。

私も「ベビちゃん」が「ありがとうママ」と言っている所を想像しながら手作りのおもちゃを作らなければいけないのでしょうか。どうせ作るなら、布おむつでも縫ってやる。

モテない系の方々がどうやって母になっていったのか本当に気になる所です。

（じゅじゅ　30歳　SE）

豚児の出産予定はあと3か月ぐらいなんだよねー
←もう死語
わーもう名前決めてるんだーー！
トンジくんってかわいいね!!
どういう字?
ぜったいこうなるよね

子ども周りのことについては、なぜかほとんどモテない系の趣味に反するようにできている。なんで愛し方がこんなに金太郎飴のようにどれもこれも甘々なのだ！ モテない系が自分の思うような子育てをするには、かなりの努力を要するんじゃなかろうか。

「ベビちゃん」……。呼べるわけないですね。王子とか姫とか呼ぶのも相当な拷問です。人の子だったらまだしも、自分の子であればこそ絶対に呼べない。いっそ赤んぼの頃から愚息とか豚児とか呼んでもいいくらいです。なんでもかんでも甘くすれば愛ってもんじゃないんだ。

皆さまはどう世間の子育て観と折り合いをつけているやら。さまざまな甘ったるい拷問にめげず、しっかり子育てをしている方々は心から尊敬いたします。

それでは、出産後のモテない系に踏み込んでみましょう。見出しの単語だけで、少しゾワッと来る方も多いのではなかろうか。

ママ友の世界

私は結婚して3年、今年子供が産まれました。そして初めて知りました、「ママ」という世界の恐ろしさを……。

子供が産まれるまでは、割と独身時代と同じペースで生きていたのですが、子供が産まれるとなると途端に状況は変わってしまいました。

今まで母親学級や近所の状況が似ている人と接触を試みましたが、「パン教室に通っている」「初対面でタメ口」「メールに絵文字が多い（ハートなどの使い分けが絶妙）」など、モテ系行為を王道でやってる人との遭遇率の高いことといったら。心理的負担が一気に増えました。「ママ友」とはなんせ「ママ」という共通項しか持ってませんので、今まで築いてきたものは全く意味を成しません。そして家が近所でモテない系ママ、なんてそうそう見つかりません。

モテない系で子供を産みたい！と思ってる方は、モテない系友と一緒に計画して同時期に作るなど、事前に対策を練ることを真剣にお勧め致します。

（小松　30歳　教育関係）

……？
おべんとう下ごしらえ中
ママーこんど
みーちゃんのママが
さぶかるを教えて
くれるって!!
さぶかるってなーに？

近所の子を
洗脳してしまうのもアリですね!!

恐ろしい現実。「ママ」と「地域」という共通項だけで、友人！

きっと彼女らは、どこかに投稿するときは「まぁくんママ」みたいなペンネームにするんだろうなぁ。我が子の写真のふちを星とかキラキラでゴテゴテに飾った画像がmixiのトップなんだろうなあ。そして、そういうママたちには、問答無用で「○ちゃんのママ」って呼ばれちゃうんだろうなあ……。

もちろん子どもを愛する気持ちはすばらしいと思います。そして、もちろんモテない系だって我が子を愛する気持ちに変わりはない。しかし、その共通点だけで「ママ友」として仲よくなれるかというと非常に心許ないですね。

しかし、無垢な子どもは、お友だちのお母さんがモテない系かどうかなど関わりなく、子どもどうしで仲よくなってしまいます（当然だ）。

ああ、子どものように、余計な感情ぬきに誰とでも仲良くできない私がやっぱり悪いのでしょうか……なんて、自己嫌悪にもつながりかねない。なんてめんどくさいヤツらなんだ私たちは。

さて、結婚からしばらくたった後のモテない系はどうなっているのでしょう？ そういう投稿はなかなかなかったので、貴重です。次。

家が建ちません

こんにちは。能町さん。今年とうとう40歳になってしまった者です。お若い方々の気持ちが本当に手に取るようにわかり、思わずメールさせていただきました。

　こんな私も10年ほど前に好みの「もっさり系天パ黒めがね男子」と運良く結婚することができ、子をもうけ現在に至っています。

「モテない系」夫婦ですので、自分のこだわりと相手のこだわり、2人分を抱えて生活しています。運動会などでビデオをとる姿がかっこ悪いのでビデオを買っていない（多分うちだけです）とか、夫を「主人」と発音するのが恥ずかしく、夫か相方と言っていたのですが、最近それもなんかなーという感じに……。義父母に彼のことを話すときはもう本当に困ります。名前でも呼べないもんですから「お父さん」と言うのですが、「お義父さん」とごちゃごちゃになってしまいます。

　そして、このたび家をですね建てようかなとなりまして、建築雑誌なんぞを眺めたりしているのですが、私の建てたいような家がみつからないのです。

　正確に言いますと、良いと思うデザインなりイメージがころころ変わってしまうんです。

　昨日までよかったシンプルモダンが今日はかっこつけすぎに思え、次は漆喰壁に無垢のフローリングに決めても、ナチュラルかよ!?と自分につっこみます。もちろん南欧風やコロニアル、アジアンなんてのはもってのほかですよ。果ては廃校の教室の床板を使うか……。なんてことまで考える始末です。もちろん、やりすぎだろ！とつっこみました。

　ここいらは田舎で、大型店舗と住宅ばかりなんですが、一軒も良いと思われる家がないのです。工務店の人やホームメーカーの人にもうまく説明できなくて困っています。

　まず「ぴかぴかの新しい家は嫌だ」と言って某○ホームの営業マンに驚かれました。じゃ来るなよってところですね。

　私の家づくりはまだスタートラインにも立っていません……。

（餃子　40歳　パート）

ぴかぴかの新しい家はイヤです。
？・？・？・でも新築を考えてるんですよね？

お店は がんばって
ピカピカの家を造っているのに。

まず10年前にもっさりメガネと結婚していることがすばらしいです！ 貴女はモテない系の嚆矢《こうし》ではないですか！（うれしくないですよね）

そして、実に当たり前の話ですが、モテない系として生きてきた以上、結婚してある程度経ってもしっかりモテない系なのですね。とても安心しました。

家についても、「かっこつけすぎ」「ナチュラルかよ！」「やりすぎだろ！」……ああ、なんて自分ツッコミがうるさい方なんでしょう。これだけ自分ツッコミの激しい餃子さんのこと、前頁のような「ママ友の世界」をどう乗りきっているのか、気になるところです。

それにしても、だんなさんが理解のある人（というか同類）であることで、心地よく完全にモテない系のぬるま湯につかっていますよね。ああ、いいなあ。これはモテない系の理想とする将来ではあるまいか。

そんなわけで、何だか少し未来が明るいような気さえしてきました。少しくらい明るい将来を思い描いたって罪はないってことよ。

そして章ラスト。失礼ながら、おそらく投稿のなかでは最高齢でした。

教育

はじめまして。くるり好きの佐藤です。

ひょんなきっかけで能町さんの書かれたものを読む機会があり、「これはまさしく我が娘！」と娘とともに愛読しております。

娘は20歳の理学部（しかも物理）の女子大生で、能町さんの書かれるイラストにも酷似です。何故そのように大きくなったのか……とつらつら考えてみたのですが、最初は小学6年生のときのクリスマスプレゼントに「これ聞きなさい」*と椎名林檎の『無罪モラトリアム』を買ってあげたことからかもしれません。それ以降、順調に成長しております。

私はといいますと、くるりはもちろんのこと、ゆら帝のライブにも一人で行きます。そして、加瀬亮は「アンテナ」*以前より、大ファンですし、舞台も見にいくほどです。

加瀬亮についてのエッセイ（48頁）……娘に「なんか母もその通りなんだけど」と話すと、一言。

「なにをいまさら」

（佐藤征子　51歳　主婦）

英才教育
渋谷系もまだ覚えてないの!? 全く 何回教えたと思ってんの!!
うう…フリ…フリなんとかギターと…
ダテメガネ
昔のオリーブとか
（こんな育て方はまちがっています）

一瞬、名前が本名なのでは？と思ったのですが、分かる人ならすぐにお気づきであろう。「佐藤征子」というペンネームは、くるりのベーシスト佐藤征史さんからとったものと推測いたします。

　親子での愛読、ありがとうございます。「モテない系はまさしく我が娘」と思われたようですが、ええ、申しあげにくいのですが、なによりも貴女がモテない系ですよね……。

　しかも娘さんにモテない系的英才教育を施し（小6に対してすばらしいクリスマスプレゼントです、椎名林檎。マイナーに行き過ぎなかったところも功を奏したと思われます）、立派なモテない系に育てあげてしまった。娘さんはつまり犠牲者……いやいや、そのように育てあげた功績、すばらしいことです。

　それにしても、以前に私はモテない系の上限は40代ではないかと書いたのですが、その認識はあまりにも甘かったようでした。反省しています。ゆら帝のライブに一人で行く佐藤さんは胸を張ってモテない系と名乗ってください。私の母にも見習わせたい、ような、そうでもないような。

COLUMN▶数少ない男子からの、貴重な投稿をご紹介

モテない系と男子 —— その2

一番面白い女性

私の彼女がまさにモテない系です。

彼女はファッション、音楽、雑貨と沢山こだわりがあるみたいなんですが、そのこだわりのお陰で損をしていることが多いです。

就職活動のときは、自分のこだわりの雑貨と関連のある企業ばかりを、ろくに説明会にも参加してないうちから選択して、パンツスーツで企画職ばかりを受験というダメ就活パターンを展開して、ものの見事に無内定をゲットしてました。

モテない系彼女と付き合ってメリットに感じるのは、モテ系と違って見識が深いので話して楽しいのと（私はモテ系が生理的にダメ）、浮気されるリスクが少ないのと、彼女のセンスに合わせたら（ファッションとかお店とか）周囲の人間にセンス良く見てもらえることですかね。

デメリットは、彼女に前向き発言（いい就職先決まったから、卒業したら頑張るぞ！とか）すると、勝手に凹んだりヤル気失ったりで面倒なのと、私のファッションにもこだわりが強いこと（B系は禁止、それ系のブランド*Timberlandなら白スニーカーでも禁止）、好きなミュージシャンをけなすとマジ切れするのと（「ゆず」*、「バンプ」、「くるり」とか。てか「くるり」って！）、好きな俳優があくまでも一番で私がオプションみたいな地位になることですね。

私個人的にはモテない系がめっちゃタイプで、彼女が今まで出会ったモテない系の中で一番面白い女性なんで、できれば一生添い遂げたいです。

（Adebisi 23歳 学生）

就職決まったよー
よーしオレがんばるぞー!!
そして…一生添い遂げるぜ
LOVE
私はこんな風に前向きになれないし…

アンバランスかもしれないけど
それが合うのかもしれないし

さあ現在進行形でつきあっている方の登場だ。

「一生添い遂げたいです。」

ホワンホワンホワン……

さっき（78頁）抜けかけていたすべての魂が救われました。ああ、よかった。

「見識が深いので話してて楽しい」「モテ系が生理的にダメ」「彼女のセンスに合わせたらセンス良く見てもらえる」そう、そうだろ！　なっ？

それにしても彼女さん、「パンツスーツでピンポイント就活」「前向き発言で凹む」というあたり、だいぶコアなモテない系と思われますが、それでも「めっちゃタイプ」だと。こんな（レアな）男子もいるんだぜ。世の中捨てたもんじゃねえさ。

しかし、「一番面白い女性」ってところが少し引っかかりますが……いや、いいんだよ、それで。ほめられてるんだから素直に受け取っておこう。

5章 註

【紀香的ななにか】 07年、藤原紀香がお笑い芸人の陣内智則と結婚。結婚式は神戸の生田神社で、伝統的な神前結婚式として行われ、二人の束帯と十二単姿は話題となった。

【ジャルジャル】 03年に結成された、後藤淳平・福徳秀介によるお笑いコンビ。先鋭的なコントが多い。

【あらびき団】 TBS系列の深夜番組。主に売れない芸人が、荒削りな芸を披露する。東野幸治と藤井隆が司会。

【逆境無頼カイジ】 福本伸行の漫画『賭博黙示録カイジ』のテレビアニメ版。福本漫画独特の擬音「ざわ…ざわ…」が効果的に使われ話題に。

【無罪モラトリアム】 99年に発売された、椎名林檎のファーストアルバム。

【アンテナ】 田口ランディ原作、熊切和嘉監督の映画作品。03年に公開。加瀬亮の初主演作品。

【B系】 ヒップホップ、R&Bテイストのファッション。大きすぎるだぼだぼの洋服、大きめのアクセサリーが特徴。

【Timberland】 アウトドアグッズやブーツなどを展開するファッションブランド。本来は登山用の実用的な商品だが、B系ファッションの定番とされている。

【ゆず】 神奈川県出身のフォークデュオ。代表曲『夏色』など。

第6章

男子、その深遠なるもの その2

あいもかわらず男子との距離の取り方はよく分からない。モテない系に大人の恋愛なぞできません。そう、モテない系は永遠に乙女なのだ。特にかわいくない乙女だけど。

的確な乙女心

私が通っている高校は校則もない私服の共学校なのですが、うちの学校の女子は皆みごとに、モテない系とモテ系に二分しています（勿論私はモテない系です）。

　両者が袂《たもと》を連ねることはまずなく、モテ系女子の黄色い声を尻目に、我々は宗教や*ラーメンズや妄想男子と現実世界の男子とのギャップなどを熱く、時に切なく語り合っています。

　モテ系女子の一部はなぜか、制服のない我が校で*EAST〇OYの服を着て、ルーズソックスをはいています。これは明らかに、モテない系女子が、煩悶の末に中学校の制服を着て行ってしまう（12頁）のとは一線を画します。

　この間、我が校では生徒会選挙があったのですが、私が生徒会長になったら、まず生徒のEAST〇OYへの出入りを禁じます。EAST〇OYに恨みはないのですが、彼奴等がこれ以上私の、複雑すぎて自分でもどこにあるのかよく分からない逆鱗に触れるのが許せないだけなのです。世界史の授業で私たちがマリア処女説を否定している横で、若い男の教諭に破廉恥な質問（彼女いるんですか、等）をするのが許せないだけなのです。

　このような熱い思いを*滾《たぎ》らせて、悶々としている私ですが、たまに、本当にごくたまに、男の子から声をかけられることもあります。

　彼らは何故だかやたらと親しげで、軽薄な笑顔を貼り付けつつ、探るような視線で話しかけてくるのですが、そのような時私はいつも毅然とした態度で、間違っても声が高くならないように気をつけながら、わざと粗野な態度で応えます。目つきや表情筋、ひいては語尾にさえ、男への媚を含まないよう、細心の注意を払い、固まってしまった相手を鼻で笑いつつ優雅に立ち去る。

　そんな私ですが、心の中ではみっともなく狼狽し、更にそのことに自己嫌悪し、ついで自暴自棄になり、その傍ら相手が何故自分に話しかけてきたのか煩悶し、そのことに更に自己嫌悪し、やっぱり自暴自棄になり、その結果このような態度をとってしまうのです。

　こんな私の複雑かつ深遠な乙女心を分かってくる人の登場を妄想しつつ、今日もｉｐｏｄの中のラーメンズのコントを見て、一人ほくそ笑みます。

（ｂｏｎｄ　19歳　学生）

漢熟語の多さも特筆ですね。
煩悶《はんもん》
彼奴等《きゃつら》
逆鱗《げきりん》
破廉恥《はれんち》
滾《たぎ》る
毅然《きぜん》
狼狽《ろうばい》
ふつうに全部書けますけど何か？
そんな女はむしろイヤだ。
※やりすぎるとただの椎名林檎ファンと思われるので気をつけよう。

選評：学生という立場でのいづらさを、実に麗しい筆致で表しております。

男子に声をかけられるシーンにおける心の動きと実際のふるまい、その連係の表し方がすばらしい。送られてきた投稿の一篇ながら、ふつうに小説を読む感覚で耽読《たんどく》してしまいました。

モテない系の思春期（というか、モテない系はたぶん思春期がほかの人より長いから、ハタチ過ぎてもずっとこんな感じかも）の「あの感覚」をここまで的確に文字にしていただけると、胸のつかえがとれるような思いです。いや、逆に胸のつかえをしっかりと意識できるようになるといったらいいのか。

じゃ、リアル男子のことは忘れて、妄想をはっちゃけましょうよ。次。

英国籍

私の友人はフィアンセのギルフォード伯（英国籍）が迎えに来るのをひたすら待っています。

高校時代から存在するようになった彼は白馬ならぬ自家用ジェットで迎えに来るのだそうです。ちなみに現実にはちゃんと公務員の恋人がいます。

（よれ　22歳　OL）

そう、そして
ギルフォードと私は
家柄の壁を
のりこえて：そして
その後、大西洋に出
優しい公務員
そうかい
そうかい
うん
うん

目を輝かせ
リアル彼に妄想彼を語る
不条理な図

残念ながらご本人じゃなくてお友だちのお話。最後の一文がなければ「距離をおきたい人」という別ジャンルに行くところだったのですが、最終的に現実（しかも公務員というところが満点）に着地しているので、見事「モテない系」というジャンルに落ちつきました。おめでとうございます。

公務員の彼と仲よく暮らしながら、妄想上での彼も待つ。モテない系としては比較的ポピュラーな状態です。しかし、お友だちの妄想の跳躍力は、かなり常人離れしているようです。

とはいえ、私は特に問題があるとは思いませんので、公務員の彼とギルフォード（フロムイングランド）との二股をこれからも無事につづけられることを願っています。

妄想はまだまだふくらむ。

はい次。

ビスコ婚

そういえば最近、バイト先の某カレー屋に、頭にはヘッドフォン、そしてエビカレードリア、単品カツを頼み、帰りにレジ前でビスコを買っていったお客様が居ました。

20代男子です。素敵でした。

メニューの選択がセンスいいな、と。

帰りにビスコを買ったときにはもう結婚してくださいい、っていう感じでした。

（サラダせんべい　16歳　高校生）

お二人は、太郎さんが
たまたま買われた
ビスコがきっかけとなり…

ビスコで結婚まで到達です！「おめでとう！」「お幸せに！」（↑友人たちからの祝福（妄想による））

そうですよね、わたしたちは妄想上でずいぶんいろんな人に求婚（あわよくば結婚）してしまいますよね。ビスコ一つで求婚できるさ。

わたしも電車の中で、あるいは喫茶店で、何度求婚したか分かりません。海外には2回しか行ったことないくせに、カフェ店員のヤシの実の割り方が豪快だったという理由で国際結婚したこともあります。

しかし本当の、実際の、人生にかかわる現実の結婚となると、とたんにときめきがモヤモヤしてきちゃいますね。誰かどうにかしてくれよ。……とまた脳内で叫ぶ僕らさ。

そんなモテない系ですからリアルな恋愛行事には悩む悩む。バレンタインはどうするよ、次。

重くないチョコ

毎年2月になってくると悩むのが、「職場でのチョコ配布をどうしたら良いか」という事なのです。

うちの職場は既婚者男性数名＋女子一人（私）という環境で、女の子全員で共同の義理チョコ、などという事がありません。同世代がいないので気軽にそんなイベントをやるような雰囲気でもないです。

しかし下っ端である私が何も出さないのはどうか……と思い、去年厳選に厳選を重ねて探した「あきらかに義理にしか見えないチョコケーキ」を休憩時間に出しました。

誰もこんなチョコ一つ気にしねーよ！と思いながらも、もしかして、ひつじさんこの中に好きな人いるの？とか思われたらどうしよう……と余計な気をまわし、いつもお世話になってるんで（笑）などという言い訳がましい一言を添えてしまう悲しさ。

そして一か月後、上司からホワイトデーのお返しをもらってしまい、給湯室で一人、違うんだ！気を使わせようと思ったわけじゃないんだ！と落ち込みました。

今おもえばあの時の私の悶々こそがモテない系のくすぶりだったのですね……。

以前いた会社で男性陣に人気のあった女子の同僚が、バレンタインに「倍返しね☆」なんて言いながら軽々とチョコを配っていた事を思い、どうしたら「貰っても重くないチョコ」を配れるものか……と今年もくすぶっています……。

モテない系の皆様があの時期をどう乗り切っているのかとても気になっているので、教えていただけたら幸いです。

（ひつじ　29歳　事務員）

たとえば 2/12 とか
中途はんぱな日にあげてみる。
どうぞ！
どうぞ！
たまたま作ったんでー！
これで 3/14 に
あげなくても
罪悪感はないぜ
?
?

会社という人間関係の中にいるといろいろ考えて大変ですよね。なんで恋愛感情があるわけでもないのにこんなに悩まなきゃいかんのだ、と。

わたしとしては、もちろん「全員で共同の義理チョコ」つまり「チョコをあげる気になっているマメな同僚に便乗して金だけ出す」というなんとも姑息な手段で乗りきるのがいちばんだとおもいますが、女子が一人だと、そうやって逃げるわけにもいかないんだねえ。

この場合、「お菓子づくりが超好きな人」で乗り切るという革新的な手もあると思います。もっと前の段階から、毎週のように手作りお菓子を持ってきて職場全体にふるまう。そのうえ、そのお菓子があんまりおいしくない（甘ったるすぎたり、迷惑なマズさ）というのはどうでしょう。内心、会社の人もいやがってくると思います。

そうなれば2月にチョコを配るのもなんら怪しくないし、おいしくないので相手も喜びません。バレンタインモードがやたらと薄まって、余計な心配はだいぶ減りますよね。

……そこまでしないよなあ。

ところでモテない系は、男子に対して内気なばかりではない。モテない系にはある意味逆のタイプもいます。

さんま女

私は自他共に認めるモテない系です。といっても今まで伺ってきたモテない系とは、ちょっと違う人種かもしれません。

私は、一言で表すなら、「さんま女」なのです。

飲み会や合コンなどで、数人で談笑しているとき、どうしても会話が盛り上がらなかったり、話に入り込めない人いたりしますよね。

私はそういった状況にどうしても耐えられないのです。そんなことは気にせず、ただ笑っていたり、意中の人と話し続ければモテるかもしれないことは重々分かっているのです。でも我慢ができないのです。

気が付けば私はいつも、盛り下がった場を捨て身のギャグで盛り上げたり、話に入り込めずただ微笑している人に話しかけ、その話を膨らませて、オチをつけて周りを笑わせたり、もう明石家さんままがいの司会者ぶりを発揮してしまうのです。

さんま女がモテますか?モテませんよね。

いつも次の日には後悔し、次回こそはと思うのですが、治りません。

可愛い女の子に、「ルッコラちゃんのお陰で、すごく楽しい飲み会だったよ」だなんて言われると、言いようのない達成感が体中を駆け巡るのです。

こうやって私は、モテない系街道を驀進《ばくしん》していくのだな、と思います……。

（ルッコラ　21歳　大学生）

さんま女の楽屋裏

ああ、あなたはきっとすごくいい子だと思う……。好きです。

「さんま女」、なんとステキな命名。ナイスネーミング賞だ。これから私もそういう女の子のことを愛を込めて「さんま女」と呼ぼうとおもいます。

　飲み会での司会業（？）を請け負うほどのテンションや技能を持ちながらも、文章自体のテンションがわりと低めだということで、貴女はきっと「ものすごく空気が読めるゆえに、あとで自分反省会が厳しいタイプ」ではなかろうか。

　それにしても、「すごく楽しい飲み会だったよ」っていわれると達成感が駆けめぐるのか……。まだ大学生だけど、貴女はきっと就職したらすごく仕事ができる人になるんじゃないか。「モテ」的には、それがいいこととは一概に言えないけど。

　さーまた内気なタイプに戻りますよ。フラグへし折るよ。

次。

バレちゃうじゃないですか

私の体験談のテーマは、ずばり「モテない系の気になる人へのメール」です。私だけかもしれませんが、好きな人or気になる人にメールを送る場合、異様に慎重になってしまうのです。

まず、「自分の好意を相手に悟られたくない」というのが大前提です。全ての奇態はこの前提のもとで行われます。

例えばこちらからメールを送る場合。

なにか用件が無いと送ることすらできません。「今何してる〜?」みたいなどうでもいいメールなんて送れません。

だって好意がばれてしまうじゃないですか！彼へのメールの為に時間を割いているなんてわかったら!!

というわけで、伝えるべき用件が見当たらないと、メールを送ることすらままなりません。

次に幸運にも用事があってメールが送れる場合。

「ハート」が使えません。いや、「ハート」だけでなく「照れてる顔の絵文字」でも無理です。

だって、そんな絵文字使ったら相手に伝わるじゃないですか！好意が!!

そんなわけで、メールは最低限の絵文字だけが使われた大変質素なものになるわけです。ちなみに私も「↓」（註：長音「ー」の代用）は使ったことがありません。無理です。

最後に、相手からメールが返ってきた場合。

なかなか携帯が開けません。心の準備がいるのです。わくわくして慌てて携帯を手にする自分が許せないのです。光っている携帯を横目に、ゲームや読書など、どうでもよい用事をしてしまいます。

数時間後、やっとの思いで携帯を開いても、すぐに返信できません。だって、すぐにメールなんて返したら（以下同文）。

そんなわけで、好きな人とのメールが続いた覚えがありません。

最近も、おととい届いた気になる人からの返信メールをまだ返していません。だって疑問系でこないと返せないんだよ、チクショー!!

こんな私はモテない系になるんでしょうか?

（みや　23歳　会社員）

メール受信音が何度鳴ったことやら… いやいやまだ開けないぞ〜…
でも、まさか緊急の用だったり？
いや〜それはないない
メール 5件

残念ながらモテない系です。おめでとうございます。

　好意を自分から伝えるなんてとんでもないよな。むしろ、うっかり好意がある場合は、それをひた隠すのがモテない系の王道ですよ。相手からのメールも十分に時間をおいてから、興味なさそうに返信。あるいは時間をおきすぎて、返し忘れ。このくらいは当然でしょう。

　これは、最近はやりのツンデレではありません。「デレ」がないです。そのうえ、「ツン」もあくまでも相手からの視点で、自分では「ツン」のつもりはありません。ただのオドオドなんです。

　こうして、相手からのとっかかりを作らせない状況にしちゃうんだよな。だってしょうがないよ踏み込めないんだもん！


　次も、せっかく立った恋愛フラグをぶち壊しの例。派手に行ってみよう。

「彼女です」

私の友人（20・大学生）の話なんですが、彼女が某レンタルショップでバイトをはじめたとき、Aさんという少し*岸田繁っぽいスタッフがおり、この人と仲良くなれたらいいな、あわよくば付き合えたらな、と思いながらバイトを続け、数ヶ月が経ったころ、なんとラッキーなことに、1時間ほどある休憩時間にAさんと一緒になり、ゆっくり話ができる機会が彼女に訪れました。

まあなんだかんだとおしゃべりしながら、そのとき彼女は翌日友人と高校の制服を着て京都観光をするという約束のメールのやりとりをしており（その時点でもうなんか気持ち悪い女子）、それを見ていたAさんから「メール、彼氏？」と、願ってもないパスが！

オクテな彼女ですから、普段の会話の流れで「Aさんは彼女とかいるんですかあ〜？」とか聞けるわけもなく。

この機会に便乗して、女子らしく「えぇ〜そんなのいるわけないじゃないですかぁ〜！ 女友達ですよぉ〜Aさんはどうなんですかぁ？」と聞きたい！

でもそんなこと聞いたら恋にがっついてるみたいでそんな人と思われるのはいやだ！

自分の気持ちがAさんにバレるのも絶対イヤ！

でもなんとかメールの相手が男の子じゃなくて、彼氏がいないということだけでも伝えたい！

……と、色々考えた結果、彼女の口から出てきたのは「っ、彼女です」の一言でした。

それを耳にしたAさんは「え……？ 彼女……？」といきなりの彼女の同性愛カミングアウトに衝撃を隠せない様子。

必死に弁明するも、スタッフルームは妙な雰囲気に包まれ、Aさんの中での彼女のイメージは「なんかきもちわるい変な女の子」に……。

その後仲良くなれるきっかけもなく、Aさんはバイトを去っていき、叶わぬ恋に終わったそうです。

（岸田繁子　20歳　大学生）

リハが完全なときほど
事態は思いどおりいかない。
オレ今日用あるんでおさき～ッス!!
Aさん
もし今日聞かれたら「Aさんは彼女とかいるんですかぁ?」「Aさんは彼女とかいるんですかぁ?」よし、いける!!

まず投稿人はペンネームをどうにかしてください（笑）。

さて、「この機会に便乗して～」からの煩悶の一節。モテない系の女子であればかなり賛同を得られるのではなかろうか。

チャンスを自らつぶしていく方々（62頁など）と違って彼女の場合は少しアピール意欲があったのですが、心の準備がなかったため、あわてすぎて頭の中の「考えすぎて空回り」回路にスイッチが入ってしまいました。あーあ。

モテない系女子たちの発言には、つねにリハーサルが必要なんです。だから妄想でリハをしちゃうんです。わたしも頭の中でしゃべりまくりだよ。サトラレじゃなくてよかった。

もっと男子から積極的なアピールがあったら、モテない系はどうなってしまうのか。惨状が訪れます。次。

触られながら考える

この投稿内容が、モテない系の行動なのか、それともただの自分の性格上の問題なのか全然わからなくて、葛藤したあげくの投稿です。モテない系の内容ではないようならすみません。

昔、片思いの人とドライブをして目的地に着いた時のことです。

無言の車内でその彼が私の胸を触ってきたのです。

私はどう反応したらいいのかわからず、「キャ〜ッッ!!」って叫んだら女の子の反応すぎるし、「いいよ。」っていうのもおかしいよね。だいいち彼は私のこと好きじゃないだろうし。いや、触ってくるってことは好きなのか？ でも付き合っているわけでもないし。ここは怒るか？ いやでも彼のこと嫌いじゃないし……。

と考えながら、結局無反応でその場は乗り越えました。そして私の貞操はまもられました。

（どぅ　22歳　本屋）

えーーとこういう場合はどうしよう?・私のことが万が一好きだとして私はいまさらどういう反応すればいいやそれもそや
さーー触られてすでに二分が経過!・両選手ここからどう動くか!?・依然動きは

またまた「考えすぎて空回り」回路がフルパワーで回転しています! それも、突然胸を触られながら。

そんな状態で「彼が私をどう思っているのか」を無言で悶々考えるその精神力は、ある意味強靭。

そりゃモテない系だって、何の好意もない男に胸を触られたら(って単にセクハラ)、「キャー!!」くらいは言う……いや、キャーが出なかったとしても、「うお」「ひっ」くらいの悲鳴は発するはずです。それが、好意のある人が相手となると、面倒なことになってしまう。こんな大事な場面でも自意識の方が優先されてしまいます。悲しき性。

それにしても、貞操が守られたということは、おそらく胸サワリ以上のことはなにも行われなかったんでしょうが、一体彼はその最高に気まずい場をどうごまかしたのか。気になります。

さて、いろんな山を越えてデートにたどりついたところで、悩みはつきないのである。次。

モテない系デートスポット

こんばんは！ 先日、微妙な関係の彼と競馬を見に行くと投稿させてもらった者です（註：この投稿自体は載せてません）。

今日、府中に*ジャパンカップを見に行って参りました。絶好の行楽日和でした。何やら緊張気味の私でしたが、馬場の雰囲気に随分助けられました☆

散乱する馬券や競馬新聞、ヤジるおやじ、馬の栗毛と見まがう茶髪のタテガミの若者、不良外国人、野外とは思えない煙草のかほり……。

彼と2人っきりでドキドキでキョドっちゃうー☆なんて、心配はご無用でした。私のチョイスは間違っていなかったようです。

彼が競馬に集中していて、ちょっと放ったらかされ感はありましたが、相手の趣味の世界と素の部分が垣間見れて良かったです。

もっとも、しばらくはどこに出かけるかで悩みそうです。

そこで、ふと思ったのですが。モテない系の皆さんはデートにどんな場所を選んでるんでしょうか？

○○ウォーカーにのってるような、ベタっベタなデートスポットをモテない系は避けるのではないかと、私は思うのです。そういう場所は妄想の中で理想男子と行くものであり、現実世界では行きたい素振りなど、なるたけ見せない。そんなモテない系は多いのではないかと思うのです。

お互いの趣味等をさらけ出しあったカップルならいざ知らず、そうでない方々はどこに行ってるんでしょうか？

ここなら色んな意味で無難だろ的な、モテない系デートスポットが点在してるんじゃないかと思うと、無性に知りたくなってきました。

みね子様、勝手なお願いなのですが、もし、もし調査可能であれば世のモテない系に、モテない系デートスポットを問うて頂けないでしょうか？

（悶悶々　24歳　公務員）

地球のすべてをデートスポットに！
そのカッコにすでに愛がないよ

地方によってもバラつきが出るでしょうし、デートスポットの調査まではしませんでしたが、なんとなく想像できないことはない。

　ベタベタなテーマパーク、夜景のきれいな場所、などは避けてしまうのではなかろうか。「彼氏が行きたがるからしかたなく」「相手の提案ならまあいいかと思って」などと理由をつけないと、デートらしいデートなんてなかなか手放しに楽しめないように思うのです。ぶっちゃけ私なんて、理想彼氏との妄想でもベタベタなデートスポットには行きません。むしろ理想の彼氏だからこそ廃鉱とかに行きたい。

　この投稿のように、相手の趣味に引っ張られるままに競馬場に行ってみたり、前に出たダムマニアであればダムを鑑賞したり……というのであれば容易に想像できる。

　そうさ、モテない系は地球上のあらゆる場所をデートスポットにする力を持っているのだ。（こう書くと、まるでモテない系が愛にあふれた人種のようです！）

モテない系と男子 ──その3

これがモテない系男子

投稿失礼します、すごい迷いましたがどういう気持ちで迷ったか多分お見通しであると思いますので割愛します。

もう細かいことは抜きに僕は確かにそんなモテない訳では無いのですが、アプローチを掛けてきて下さる方が綺麗な人だったりすると「なんで僕にこんな綺麗な人がアプローチ掛けてくるんだろう……裏があるんちゃうやろか」とか余計なこと考えてしまって結局冷たくなってしまいます。

でも基本的にムッツリなのでやはり彼女さんは欲しいわけで。

でももう三年ほど一人だし周りから「お前ゲイじゃないか？」という声が高まってきてます。

確かに男と居た方が楽だし何でも話せるしで、実際ゲイなのかなあと思ったんですが、ゲイの人からするとゲイではないし、見た目が中性的なのでモテないらしいです。

それにやはり単純に朝起きて隣には女の子が居て欲しいなあと思うので、諦めました。

それでやっぱ女の子が好きなんですよーというアピールが必要なのかなあと思うんですが、もう恋人の作り方というものが記憶から抹消される寸前なのかサッパリ思い浮かびません。

彼女ってどうやって作るんだっけと友達に相談しに行き掛けましたが余りにバカ丸だしなのでやめました。

それでまあ女の子含む多人数でワイワイやってるときに、こう、女の子が好きですと言うアピールの仕方がわかんなくて、どっかの高校の近くを通りがかったとき「女子高生のナマ足～♪」とか高校は私服だったので別に制服にも執着無いのに言ってしまったりとか。

勿論どん引きだったと思います。キャラじゃないので心配までされました。

たぶん、贅沢なんでしょうね。

このままじゃ掛け値無しに「もうどんなでもいいから無理やりあたしと一緒にいて！いなさい！」とか略奪レベルの人じゃないと自分の恋愛という感覚は開眼されないんじゃないかと感じます。

でもそんなのは滅多に無いってこともわかってるのにその滅多に一縷《いちる》の望みを掛けてしまう自分がどこかにいて泣きたくなります。

これってモテない系に属するのでしょうか？場違いでしたらすみません……。

（標準語関西人　21歳　派遣社員）

外見ふつう・自信ナシ
ああ彼女ほしい…でもオレなんて何のとりえもないし…どうしよう…
VS
外見難アリ＋変オシャレ・自信たっぷり
ドライブしないっ、ステキな夜をプレゼントしたいんだ
左が有利だと思うなかれ。オトコ的「モテ」で考えると、これ、案外微妙な勝負だと思いますよ実際は。

なげえ。

女子からの投稿はものすごく長いものも多々あるんですが、数少ない男子の投稿の中に、これだけ長いものはたぶんなかった。

わたしは「モテない系女子っぽい男子は、結局モテ男子」という説をとなえてきました。実際、ここに寄せられる数少ない男子からの投稿も「何だかんだ言ってモテ系っぽいなあ」と思えるものがほとんどだったのですが、……この流れは本物だ！

決してモテなくはない↓でもアプローチされると引いちゃう↓もしかしたらゲイ？↓でもやっぱり女の子が好きだなあ↓相談しようかなあ↓でもバカにされそう↓じゃあアピールしなきゃ↓あっ変なこと言っちゃった↓後悔と反省↓いっそ白馬の王子ならぬ王女（？）にむりやり奪われたい↓でもありえない↓ああ……グダグダグダグダ……

これは完全にモテない系だ!! 男子のモテない系ってこういうのなんだ、って私も納得した！太鼓判押します！モテない系の真髄は、趣味とかよりもこの内面のグダグダぶりですよ。

貴方は文句なくモテない系を体現しています。自信を持ってください！……いや、むしろ自信が持てなくなるか。まあいいや。

6章 註

【ラーメンズ】96年に結成された片桐仁、小林賢太郎によるお笑いコンビ。

【EAST ○OY】あくまでも伏せ字だが、トラッドベースの某カジュアルファッションブランドのことと思われる。日本の女子中高生のカーディガン、ハイソックス御用達ブランドでもある。

【岸田繁】くるり（1章註参照）のボーカル。メガネ男子というジャンルにおけるアイドルでもある。

【ジャパンカップ】日本中央競馬会が主催する競馬レース。日本国内の全競走の中で最高額の賞金が用意されている。

第7章

モテない系考察集　その2

モテない系について一層深く深く考えてみる方は後を絶たない。引きつづき、学説（?）をご披露。

にわか嫌い

はじめまして能町さん。いつも応援しています。というか、中学生からの投稿でがっかりしたでしょうか。中高一貫は暇なのです。

　さて。私もしっかりとしたモテない系なのですが、私のモテない系はタチが悪く他人に厳しいモテない系なのです。

　私の友人も立派なモテない系なのですが、どうしても友人の音楽やマンガ、洋服の趣味が許せないでいます。

　友人の「*エルレやバンプ、くるりが好き。憧れるのはYUKIちゃんかな。漫画なら絶対BL。なのに*絶望先生もいけるのよ。洋服ならドット柄で地味系の色なのに可愛い服選べるのよ」みたいな発言がどうにも気に入らないのです。

　むしろ、そんな中途半端なら、「*エビちゃん可愛い！*ブリトニーや*玉木君にメロメロ！」みたいな方が私の中では大分マシなのです。

　友人は立派なモテない系兼お洒落を主張しています。でも何故か納得できないのです。

　はじめに友人と会った時も「あたし、ロックが好きでさ。*ロキノンジャパン毎月買ってるの！」と言われたので、自分も「宇多田や*ナンバガ、ゆらゆら帝国が好きだ。」と伝えると、「えー？ウタダ以外わかんない。それどんなジャンル？あたしロックしか聴かないのよー」と一言。

　最近、そういう女の子が増えているような気がします。なんだか、そんな子に自分はお洒落だとかサバサバしてるだとか主張されたくないです。まだモテモテ系の方が好きです。

　能町さん。私はモテない系には「にわか」が存在しているんじゃないかと思っています。私の勝手な持論だと、「にわか」はバンプ好きや「*よしもとばなな」好きに多いような気がします。

　けれど、そんなグループに3年間も居る私も「にわか」かもしれないですね。いやだなあ。

（とな　15歳　中学生）

それは果たして「にわか」なのか
「のぼりかけ」なのか。
モテない系
モテ系
大人の階段
大人の階段

自らが中学生であることを自嘲気味に書いてますけれども、若さを感じさせない分析力です。

　さーめんどくさいことになってまいりました。中途半端にモテない系っぽくオシャレを気取るくらいなら、いっそモテ系の方がマシだ、と。

　ひとまずこの話は置いといて、次。

オシャレ嫌い

はじめまして。いつも楽しく拝見させていただいてます。

早速ですが、私は「オサレ」が嫌いです。モテ至上主義も嫌いですが、服装や髪型を超えて全てのジャンルに「大衆派じゃないけどセンスがいい」を強調してくるオサレ系も好きになれないんです…。

私は建築学科を出たのでまわりにそういう人が結構いました。専門学生みたいに奇抜に行き過ぎることなく、見た目地味だけどいいものが好き。コクヨでなく*RHODIAのメモ帳。三菱じゃなくて*ファーバーカステルの色鉛筆。べつにメモ帳なんて百均でいいじゃねぇかって思うんですが、オサレ系な人の中にはメモ帳にもかっこいいかっこ悪いという概念があるみたいです。

ほかにもただ単に一皿に主菜と副菜をいっしょに盛り付けただけの料理を「カフェめし」とかいってオシャレだと主張したり、普段マックとか平気で食うくせに急に、やっぱオーガニック野菜☆とか言ってみたり、オダギリジョーとか*蒼井優とか汚らしい男子&芋っぽい女子をもてはやしたり、ちょっと脱力アーティスト＝オシャレ（YUKIとかくるりとか*ハナレグミとか）だと思ってたり。

なんかオサレ系って上記のような共通項があると思うんです。

モテ系にとって「カワイイか否か」がポイントなら、そういう人はまさに「オサレか否か」。

自分のこと姫とか言って爪をゴテゴテキラキラさせてる人も玄米食べただけで「自然派」とか言ってる人も大して変わんないじゃん。

というわけで自分の好きなものに統一感がない人が好きです。

といいながらもちょっとオサレ系よりでモテ系になりたい私です。

（スコッティ　22歳　会社員）

今日はマーくんとデート♡
どっちもどっちだよ…
特製アボジャコ丼です♡
とか言ってると
どんどん自分の居場所が
なくなるのですが…

前ページとこのページと、二人の意見がかなり似てるのがおもしろいんですよねー。くるりとYUKIを例に出しているところまで一致している。スコッティさんは蒼井優を「芋っぽい」とまで言ってしまいました。敵を作るのを恐れない強さ。

でもねえ、最終的な結論は、私が思うに、スコッティさんのラストの文に集約されていると思うのですよ。「といいながらもちょっとオサレ系よりでモテ系になりたい」。

そう！ そうなんだよ！

「中途半端でこれといって何にも知らないくせに、モテない系っぽい趣味にちょっとすり寄りながらも結局モテてんだろお前」とか、「オッシャレーで小ぎれいで結局どっかの雑誌をなぞったようなライフスタイルなんだろ」とか……そう毒づきながらも、実はちょっとどこかうらやましい感じ。ああ、いかんともしがたいですね。

では、ちょっと逆の立場からのお話も聞いてみましょうか。

モテない系じゃないかもしれない

　モテない系の定義を見ていて「あるあるある」と全力で思う私は間違いなくモテない系ですが、でもなんだか違う気もします（間違ってもモテ系ではありませんが）。

　それはなぜかと言うと、趣味が浅すぎるから。

　ここで取り上げられている方々は確固とした自分の趣味やポリシーをお持ちですが、私は「なんとなくマイナーな感じのものが好き」程度なもので、趣味を熱く語ることが出来ないんです。

　例えば音楽で言えば定番の「くるり」から「*ACIDMAN」、「*THE BACKHORN」あと最近は「*ROCKETMAN」なんかも気になり始めましたが、それぞれアルバムを1、2枚ずつ持っていて適当に聞く程度で曲のタイトルすら一致できる自信がありません。

　また、映画やミュージカルなどのエンターテイメント系の舞台が好きだったり、現代美術のインスタレーションが好きだったりもしますが、正直有名どころしか見てない＆インスタレーションは「見る」のが好きなだけで作者が誰かすらも知らず、また他人の解説とかも興味ないので読んだり聞いたりもしません。

　あと一人旅も好きですが、英語の通じる先進国にしか行く勇気がないのでバックパッカーにもなれません。

　このように趣味のカテゴリー的には完全にモテない系ですが、「これだ！」と自信を持って語れるジャンルが一つもないんです。

　こんな私をそれぞれのジャンルに深く精通している諸先輩方が受け入れてくれるとは考えにくいです。一体私はどうすればいいんでしょうか……。


（あずき　25歳　留学から帰ってきてニート中）


　私は音楽が大好きなのですが、中学時代にパンクから入り、くるりあたりを経て高校の終わりになってから*レイハラカミ、ゆらゆら帝国にはまっていった、所謂《いわゆる》新参者です。

　ほんとに好きなんですが、好きといってもめちゃくちゃ聞き込んでいるわけでもないので詳しい真のモテない系の人たちと話そうと思っても気がひけます。漫画や映画や本は全然詳しくないし、真のモテない系の人たちから見たら「ミーハーモテない系」と思われているんだろうなぁと思います。でも、カラオケでYUIは歌えないです（全然知らないから……）。

　ちなみに私は一度「☆☆に*RADWIMPSをすすめたらイイ！って言い出すのか」という実験をされたことがあります。正直凹みました。さすがにそんな短絡的な思考回路してないです……。

　中途半端なモテない系はモテ系からもモテない系からもなんとなく見下される存在なんだなぁと思いましたが、サブカルチャーにものっそ詳しくなるような情熱はないです。私はこのまま中途半端に生きてていいんでしょーか？


（☆☆　10代　学生）

えっ あの映画好き?・
じゃあ△△とかも好き
だよね? アレいいよねー
え!?
あ…うん
いいよねー
知らん…
いちばんの自己嫌悪
それは知ったかぶり

さっきのご意見と、見事に好対照なお二人です。「わたしの趣味って一応モテない系っぽいけど、とっても浅くて、こんなのは『モテない系』じゃないんじゃないか……」と。

もうねえ、どっちも分かるんですよ。みんな守ってやるっていう気分ですよ。どっちも自意識過剰!

いいじゃないか、みんなモテない系で。だって、モテない系って趣味で決まるわけじゃないですもん。

モテない系の中でも、ひとりひとりの自意識を見ていけばものっすごい細かく階層が分かれてゆきます。そこを丁寧に丁寧に「あの子はちょっと違う」ってはがしていくと、きっとモテない系のコアには誰もいなくなっちゃうのです。

だから、いいんですよ。趣味が浅かろうが、こだわりが多すぎようが、こだわらないということにこだわりがあろうが、そのめんどくさい自意識があればみんな同類ですよ。私、わりと和をもって尊しとなす方なんで。

階層分けをしたいなら心の中でこっそりするがいいさ。

……私もする。

さらに、こんな「モテない系の内部ゆえの悩み」をもう一つ。

ステータスか

こんにちは、いつも楽しく拝見させてもらっています。でも実際はちょいちょい苛《いら》ついたりもしています。

私「モテない系」の定義がよく分からないのですが、こちらでの投稿でたまに感じるのが、モテない系というのがまるで一種のステータスのような……。

モテない系は自虐だと思っていたのですが「こうゆう女はこうこうこうだからモテない系じゃない。認められない」って、なんか変な感じがしてしまいます。モテない系の私＝お洒落、媚びない、格好良い、個性的。みたいな……。

知人に自称モテない系がいますが、私がちょっとでも「私ってモテないかも」って呟こうものなら、鼻息荒く「違うよ！　あなたはモテ系、ほらだって私は～以下略」と迫ってきます。ちなみに以下略のとこは、私はどれだけ博識で個性的かという話です。だからモテないのよねって最後に言うけど、なんか前半のとこが言いたくてたまらなかったのかなと思ってしまいます。う～ん。どうなんでしょうか。

ちなみに私は普通系。世の中モテでもモテないでも圏外でもない、お洒落も好きだしカフェ巡りも好きだけど男性のことを特別意識したりもせずときたま告白され付き合う、そうゆう子もいます。

（とも　23歳　大学生）

動けない…
でも気持ちいい…
プライド
自虐

プライドと自虐のあいだ

モテない系はステータスじゃないよ（断言）！「博識で個性的だから、私は誇り高きモテない系」と堂々と居直るとは、その知人氏、私から見れば勘違いも甚だしいぜ！

モテない系ってのは、もっと……「モテねーよ。分かってるよ。でもつい変な趣味に走っちゃうし、変な服買っちゃうんだよ。うるせー。でもモテ系よりは個性的でしょ。少しは知識もあるでしょ？ 別に悪くないよね。あ、そこがキモいっスか。そうスか。でも私はモテ系よりはマシだと思うんだけどなあ。いや、分かってるよ。みんなはそう思ってないんでしょ」……という感じで、プライドと自虐の間に挟まっちゃってるものです。自虐が抜けてしまったらもうモテない系って呼びたくない。

体験談を読んだときに、もし自虐よりプライドのほうが鼻につくのだとしたら、読んでる方の自虐心が上回っているんじゃなかろうか。ぶっちゃけ私もときどき体験談にむかつくことはある（そういうのは大概ボツになってしまうが）。

モテない系だけで集まっちゃうと、一方で安心するけれども、一方で探り合いして緊張もするもんです……。

モテない系は自虐とプライドに挟まっているから、ときおり反省もする。次。

人をけなす

　先日、バンドのライブにいったところ、そのバンドの見た目が今はやりの眼鏡男子だったためか、9割が女子といった感じでした。そして、そういった眼鏡男子を好みそうな腐女子、能町さんの言葉を借りるならば「圏外ちゃん」のオンパレードでした。

　天然パーマを包み隠さず、ぴちぴちのライブTシャツに身を包んでメンバーの名前を黄色い声で絶叫する彼女たち。そのわりに自由にわたしが踊ると異星人をみるような目つきで見てきます。

　うう、ふつうにライブを楽しみにきたのに……、圏外ににらまれるために私は来たわけじゃないんだ…！　私は絶対圏外と一緒にされたくない…！と思いながら家へ帰りました。

　そして後日、この話をモテ系の友達に話したところ、「そうやって、容姿に気を遣ってない人を人をけなすところからして綺麗になれない」とずばりと言われました。

　ムキーッ！　恋愛のことしか頭にないようなやつに言われたくないっつーの！　こっちはもっと本読んだり知的に時間を使ってるっつーの！　とすぐ思ったのですが、「まてよ、これも相手をけなしてるじゃないか」と気がついたのです。

　モテない系は確かに頭の回転のはやい子が多く、一緒にいると話も弾み、ディープな話はモテ系よりよっぽどできますが、ただ残念なのが、人をけなすのが好きだと言うことだと思います（違うモテない系の人がいたらごめんなさい）。

　私の場合、自分の容姿に驚くほど自信がないので、明らかに気を遣っていない圏外を引き合いに出しては「あれよりは勝っている」と意味のない優越感に浸ることがしばしばあります。友達との間でも「〇〇（あいのりなど大衆向けのもの）はないよね〜」とけなしあうこともしばしば。

　一方モテ系は、腹で何を思っているかは知りませんが「うわぁ〜これ可愛い！」「マヂ似合ってる！」と嘘くさい褒めあいをしている光景をしばしば見かけます。どちらが人間的に正直かは明らかですが、「言霊」という言葉もありますし、耐えきれない場合をのぞいて自分のアイデンティティーを保持するために何かをけなすのはもうやめよう、と思ったのです。

　そうすれば、きっとクリーンで知的な「モテない系」が確立され、日本の男子たちはモテない系に目覚めると思うのです。ともかく悪口やけなしあいは非生産的ですし、とくにプラスのことがなければもう絶対にやめようと強く誓いました。

（まりん　19歳　大学生）

私性格悪いです」!!
アピールしておけばある程度許されるはず…
あー!

↑「そんなことないよ」と言わない周りの人たち。

そのライブに来ていた人たちが私の言う「圏外ちゃん」かどうかは疑問符がつきますが、まあそれはおいといて。

そもそも私も「圏外ちゃん」なんて言葉を口にした時点で十分に人をけなしている。何かをけなしてないとプライドが保てないのもモテない系の悲しい性分だと思います。そして、その現実もしっかり把握しているので、モテない系はいちいち口に出して「わたし性格悪いから……」と言ってしまう。言ったからって免罪にはならないんだよなあ。

そして、「今後反省して清い心になろう」とはなかなか思えないのもモテない系の性分。その点、まりんさんの誓いはすばらしいです。

しかし、最後の「けなすのをやめれば男子はモテない系に目覚める」ってのはどうかなー。

だってさあ、結局いつもバカっぽい女のほうが好かれてるじゃん?（と、全く反省なく悪態をついてみる。ふん。しゃーねーよ……）

そんな私たちを控えめに励ます分析結果が届きました。

かれこれ25年私もモテない系です。相当ぼんやりしてます。

前々から、このままじゃいかんなーと思ってはいたんですが、いい具体策も浮かばず、まあいいやと思って日々をのんびり過ごしてました。

が、気づいちゃいました。能町さんにぜひ伝えたいと思い、投稿します。

それは、私達って恋愛ニートだ！って。

普通のニートの人が就職できないのは、就職活動してないからですよね？恋愛ニートの私達って、恋愛活動してないですよね！

ニート！

そりゃー、何もしてない人は内定もらえないです。

ありのままの自分を……と思っても自己PRで多少よく見せたりしなきゃ採用してくれません。どうですか？普通に就活した方にはすごく分かりやすいと思うのですが。

モテるぞって思うのはかなりイヤですが、自分がニートだって思うと頑張んなきゃいけない気がしてきた今日この頃です。

……ま、このままの自分がやっぱり好きだったりするんですけどね〜。

（よっしー　25歳　会社員）

ニートは、開き直り。

モテようとしたら
負けかなと思ってる
元ネタ知らない人
ゴメン

うわー。ニートだって。

　でもすっごい納得です。恋愛ニート。すばらしいお言葉です。

　恋愛活動、しないよなあ。自己PRなんかしないよなあ。だってそもそも実際の就職活動さえ苦手だし(28頁)！　そもそも恋愛で、内定目指さないよなあ。採用は夢見るけど、内定を目指して努力はしないよなあ。

　たしかにニートだって言われるとちょっとくやしい気がします。でも、ニートって就職する気も進学する気もない人ですよね。そこまで怠惰じゃないんじゃないかな……といったものの、特に根拠は見つからないんだけれども……うーん……。

　と、まあ、うだうだ言い訳をしながらこうしてみんな生きてしまうわけですよ。ね。ああ、ほんとにニートといっしょかもしれない。

　ところで、モテ系とモテない系はもちろんくっきり線を引けるわけではない。こんな特殊例もいらっしゃる。

あえてモテ系というギャップ

私は趣味など中身はモテない系なのですが、見た目は所謂モテ系、*スイーツ（笑）系です。定期購読する雑誌は*CanCam、JJ。毎朝髪を巻き、ネイルサロンに通い、服はCanCam御用達ブランドで、ヴィトン、グッチなどの海外高級ブランドも大好きです。

なぜこのようなファッションになったのかというと、もとはただ単に「かわいいから」「憧れて」などの単純な理由からでした。でも今は、それだけじゃありません。

イタい発想だと思うので恥ずかしいのですが、包み隠さず言うと、「中身はモテない系（サブカル系）だけど、見た目はモテ系の、見た目と中身にギャップがあるワタシ☆」に酔ってるから、頑なに王道モテ系ファッションを目指すのです。

基本的にモテない系の方々は、人と同じことを嫌う傾向にあると思うのですが、それと同じ原理です。

普通のモテ系になりたくないのはもちろんですが、「普通のモテない系」にもなりたくないのです。モテない系の精神が、変なところに突出して出てしまった、ってところでしょうか。

意外に「モテない系」にはこういう変なところで自意識過剰な人種は多く、ある意味一番やっかいな存在だと思うのですが、どうでしょうか？

（なこ　21歳　学生）

「あえて」って言えば
全部モテない系のような
気もするんだ。
モテない系だけど
あえて
ミニスカートしか
はきません!!
あえて
ヴィトン
好きです♡
複雑…。

ご自分でも認めるとおり、いや、これはやっかいだよ!!　自分でモテない系であることを完全に認めながらも、あえてそれらしくありたくないということで逆を行ってモテ系のかっこうをする。

過去にも、「服はモテ系ですが、内面はモテない系です」という投稿はいくつかありました。しかしその大半は、単に服の趣味としてはそっちが好きだとか、あんまり服に重点を置いてないからとか、そういう理由でした。あえてモテ系のかっこうをすることにここまで意識的な方は珍しいと思います。

うん、ここまでやりきれているなら、是非このまま突っ走ってください。おそらくふつうにモテるでしょうから、何かしら勘違いした男子とつきあうこともあるでしょう。でも、趣味志向の違いで悩む覚悟はしておこうぜ。

そして、ここに新しい提案が来た。斬新な提案であります。

ときめき異業種

私には同棲している彼氏がいます。モテない系が毛嫌いするB系です。*2PACとか*パフ・ダディーとか聴く。頭はスキンで腕に刺し物入っています。見つめられている視線がメンチ切られているようにも思う今日この頃です。

そんな輩と出会う事って普通ないのですが……ある理由があります。

私もモテない系の求む男子像を追っていました。

以前はジャズピアノで生計立てている、端正な顔をした細面男の子とルームシェアをしました。もうパーフェクトでした。趣味やら顔やら服装やらこんな人いないと思うぐらいに。

しかしです。モテない系女子にモテ過ぎて、結局モテない系でも可愛い・ほんわか雑貨大好き娘に持っていかれました。

私はどうやら趣味の音楽や映画に対してとことん付き合った為、同士のような気持ちが芽生えたらしく、いつのまにか「～君」と呼ばれはじめ恋愛感情の芽生えるタイミングを逸してしまいました。

この経験則から、「女子は適度にものを知らないほうがいいし、語らないほうがよい」ということを学びました。

たぶんモテない系が自分の生き写しのような男と恋愛関係を結ぶのは難しいです。どうしても五分五分で話をしたいし、同等でありたいと願います。でも恋のさなかにいる男女のパワーバランスは持ちつ持たれつ、決して50：50ではありえません。主従関係にあります。なので恋愛に発展しません。発展してもトキメクことはないです。

上記の失恋を通して私は「無口でいい。寡黙でいい。純な男に出会いたい。」と思うようになりました。

それは私の中での革命です。モテない系の好む男子像の希望を自ら捨てるのは、今までの人生を捨てるのと同じです。

そして今のB坊主に落ち着いていますが、同じ趣味や生活を共有することにはかなり難があり、趣味に生きたければ堅苦しいことこの上ない状況ですが、お互いに趣味の話を出さない分、愛について語ることがおおくなり、今は十分すぎるほどときめきトゥナイトしています。

彼氏が欲しいなんて口が裂けてもいわないし、男がいなくたって、私にはグラフィックや写真があると思っていた時期を越えて、今感じるのは「自分とは住む世界が違う住人と話してごらん。そこから恋が生まれる事ありますよ」と思えます。

同じ世界では結局趣味の話で盛り上がって、自分がどういう気持ちなのかを男子に分かってもらうことが出来ませんでしたが、異業種の男子は趣味が違って話すことがない分、深く自分達のことを話すようになりました。

なので異業種との出会いを毛嫌いせずにしてみてはどうでしょうか？

（まん　25歳
グラフィックデザイナー）

こういうのもある意味
電車男的カップルだよな
純な男
一生一緒にいてくれや…

斬新。

　モテない系が好む男子相手にはときめきが生まれない、という説には異論もあるでしょうが、「趣味があまりにも違うと、趣味の話を出さないので、愛について語ることが多くなる」とは！　衝撃です。それはもううらやましい限りのときめきトゥナイトでありましょう。

　しかし、趣味にこだわりを持ちがちなモテない系としては、ここを軽々と乗り越えるのは難しいよなあ。自分と同じ趣味である必要性はないにしても、モテない系の人は「あれだけは好きであってほしくない」という、「自分的にアウト」なものが往々にしてあるわけですよ。よりによってアレが好きなのか、と思った瞬間に幻滅なわけですよ。

　おそらく、まんさんは彼氏に対してその幻滅要素がなかったんでしょう。趣味が共通するかどうかより、そこがいちばんのポイントのような気がしてきた。

　さて、今までの投稿文は、ほとんどが「私もモテない系です」であり、せいぜい「もしかしたら圏外ちゃんかも（笑）」くらいだった。しかし、ついに自分は圏外であると強く主張する方が現れました。私はこれを取りあげるべきかどうかかなり悩んだが、勢いで載せる。

自称圏外ちゃん問題

圏外ちゃんですが、投稿します。

もう、圏外ちゃんのイラストが自分そっくりで笑ってしまうくらいの圏外ちゃんです。

なぜ、ちょっとおしゃれ（モテない系のひとが好きなほうの「おしゃれ」）な場所に行くとき自分だけ誘われなかったのか、なぜ彼らの好きなちょっとだけおしゃれなオタク趣味を語るときに周りより優越感を感じているようなそぶりを見せるのか、なぜいつもこんなに上から目線で話すのだろうとずっと不快だったのですが、色々読んでいて、ああ、私は一緒に居たひとたちに圏外ちゃんだと見られていたのだなあと実感しました。

で、モテない系のひとって、圏外ちゃんが「同類♪」って近づいてくると嫌でしょう？　その不快感がとっても分かりやすく書いてあって勉強になりました。

嫌だけど、モテ子とかのようには拒絶できないんですよね。「外見や態度でひとを見下したりしない自分」っていうプライドがきっとあるから。

この連載は、私にとって自分が置かれているヒエラルキーの確認と、モテない系のひとたちとつるんでいて「なんか違う」と思っていたのがどこだったのかを理解するいいきっかけになりました（もちろん読んでいて自分がどう見られているか実感する、悲しい不快感はありましたが）。

それでは。

（圏外ちゃん　31歳　会社員）

「モテない系自意識」がないので
「彼氏のいる圏外ちゃん」は、
人前でいちゃつきます!!
べたべた
うらやましくない、全くうらやましくないのにムカつく…
電車にて
この投稿の方が↑ここまでの人とは
あまり思えないんだが…。

彼女は、名前欄に「圏外ちゃん」と自分で書いてきました。いやー、何度も読んだね、これは。少し罪悪感にさいなまれつつ。

私は今まで、自分で「アタシ、圏外ちゃんかも」などと言う人は確実にモテない系どまりで、ほんとうの圏外ちゃんは圏外という自覚がほとんどないだろう、と踏んでいたのですが、この投稿に関してはそう言い切る自信がありません。ここまで書かれると、ほんとうに典型的圏外ちゃんなのでは、と思えてきます。

しかし、わたしの考えでは、圏外ちゃんはもっと孤高の「我が道を行く」存在だと思っています。圏外ちゃんさんは違和感をおぼえながらもモテない系の女子とわりとよくつるんでいるようだし、何よりこの連載を読んでいるし、こういったくすぶる自意識を持っていること自体が非常にモテない系的だと思うのです。

そしたら、一方でこんな体験談も来たのでした。圏外ちゃんと自意識について考えさせられる、この章ラスト。

昇格

はじめまして。連載楽しく拝見しています。

　連載も体験談も、自分の位置を確認すべく注意深く読ませていただいていましたが、「自称圏外ちゃん問題」を読んでついに筆を執ってしまいました。

　私は、自分が「圏外」から昇格した「モテない系」なのではないか、と思っています。

　18歳までは、二次元にしか興味がなく、同人誌を作り、当然外見などほとんど気にとめず、ボサボサの剛毛を無造作に後ろで束ねた、能町さんイラストのようないでたちをしていました。高校で女子校にいたせいもあり、彼氏ができるどころか、男の子は子どもっぽい、という中学生の認識のまま、大学に進みました。

　ところが大学2年の時に初めての彼氏ができました。しかも告白されてのおつきあい。なのに、私はそいつにこてんぱんに外見を否定されました。髪質悪いんだからいっそ染めろとか、体型気になるなら痩せればいいじゃんとか、もっと服に気を遣えとか……。

　当時の私は、自分の好きな服を着ているつもりでいましたし、髪と体型は生まれ持ったものだからと諦めていました。強制されるのも嫌だったので、その時はあえてまったく変えませんでした。ですが、それだけに尚更、その言葉は重かったです。人から自分がどう見えているか、を意識し出した瞬間でした。

　結局その彼氏には1か月ほどでふられましたが、その後少しずつ外見を改善し、24歳になった今では一見ごく普通の人に見えるだろうレベルまでは辿り着きました。

　今でも他人に強制されたものは着ないし、流行でも気に入らなければ取り入れません。モテ系ピンクなども取り入れません。あくまで普通に見えて、かつ自分の気に入る服を探して着ています。

　それで、結論です。この「他人の目」を気にするか気にしないかが、「モテない系」と「圏外ちゃん」の違いなのでは？

　圏外当時の私は、自分がダサいという自覚はさほどありませんでしたし、生まれもった顔以外でのモテ階層を意識したこともありませんでした。今と当時で何が違うか、といったら、自分の中に他人の目を持ったことです。その他人の目が強すぎて結局自意識過剰になり、モテ系までは飛んでいけないのですが、充分です。モテない系と言われれば、褒め言葉です。

　ちなみに現在では漫画を描く趣味が高じて広告の仕事に就き、同じようなオタクっぽい空気の中で落ち着いて仕事をしています。モテ系の多い職場は大変そうなので、これも充分満足しています。


（あつがり　24歳　広告業）

それにしても、
告白→外見にダメ出し→すぐふるって。

つき合ってください!!
えっとどう反応すれば…
でも髪と服は変えた方がいいと思うよ

ツンデレ？
順番的にはデレ・ツン・ツン？

これには、モテない系昇格おめでとう、と言ってよいでしょう。仲間だ。

「圏外ちゃん＝他人の目を気にしない／モテない系＝他人の目を気にしすぎてうまくふるまえない／モテ子＝他人の目をうまく気にして自分をよく見せる」という階層は確実にあると思います。その階層の壁を破るのはけっこうむずかしい。きっかけは人からの指摘だとしても、それを自主的にうちやぶったのはすばらしいことなんじゃなかろうか。

それにしても、圏外ちゃんはやはり他人の目を気にしないものなのですね。気にしないでいられる意志って、大したものだと思う。モテない系にはどうしてもそなわらない能力です。

ちなみに、モテない系からさらに上にジャンプする必要は特にないと思います、私は！なんとなくだけど！

7章 註

【エルレ】ELLEGARDEN（エルレガーデン）。千葉県出身のパンク・ロックバンド。09年3月現在活動休止中。

【絶望先生】『さよなら絶望先生』。久米田康治のギャグ漫画。2度にわたりアニメ化もされた人気作品。

【ブリトニー】ブリトニー・スピアーズ。アメリカ合衆国の超人気女性シンガーソングライター。

【玉木君】玉木宏のこと。愛知県出身の俳優、歌手。ドラマ『のだめカンタービレ』で一躍人気に。

【ロキノンジャパン】「ROCKIN・ON JAPAN」。ロッキング・オンが発行する音楽雑誌。本書で取り上げられているアーティストがよく掲載されている。

【ナンバガ】ナンバーガールのこと。第4章の註参照。

【よしもとばなな】作家。代表作に『キッチン』『TSUGUMI』などがある。批評家・詩人の吉本隆明を父にもつ。

【RHODIA】フランスの文房具ブランド。人気・定番商品に「ブロック・ロディア」と呼ばれるブロックメモがある。

【ファーバーカステル】ドイツの文房具ブランド。鉛筆の長さ・太さ・硬度の基準を作成した。

【蒼井優】福岡県出身のモデル、女優。映画を中心に活躍しており、数多くの賞を受けている。

【ハナレグミ】08年に解散した日本のファンクバンド、SUPER BUTTER DOGのボーカル・永積タカシによるソロユニット。

【ACIDMAN】日本のロックバンド。02年にアルバム『創』でメジャーデビュー。地上波テレビへの露出は少ない。

【THE BACK HORN】日本のロックバンド。01年にシングル『サニー』でメジャーデビュー。

【ROCKETMAN】お笑いタレント、ふかわりょうの別名。DJ、ミュージシャンとして活動する際に使っている。

【レイハラカミ】広島県出身、京都府在住のミュージシャン。テクノ、エレクトロニカの楽曲を手がける。

【RADWIMPS】日本のロックバンド。05年にシングル『25コ目の染色体』でメジャーデビュー。

【スイーツ（笑）】ネット発のスラング。女性ファッション誌で多用されている用語やキャッチフレーズ（菓子・デザートをすべて「スイーツ」と呼ぶなど）に盲目的に従っている女性を揶揄してこう呼ぶ。

【Cancam】小学館発行の20代OL向け月刊ファッション誌。姉妹誌に「AneCan」がある。いわゆるコンサバの「モテ系」のファッションを掲載。エビちゃん、モエちゃんなどの人気モデルを輩出。

【2PAC】ニューヨーク出身のラッパー、ミュージシャン、俳優。ヒップホップ抗争により銃撃を受けて死亡。

【パフ・ダディー】ニューヨーク・ハーレム地区出身のアーティスト。音楽事務所、映画プロダクション、レストランチェーン、ファッションブランドの経営者としても知られる。

総まとめ

最後をしめくくるにふさわしい投稿を2篇。

幸せ

　投稿するネタを考えていた所、ひょんな事からモテない系の私に15年ぶりくらいに彼氏が出来てしまったのです。しかも相手は、「付き合った女性の数は覚えてない」と断言する程のモテ系。それはつまり、私自身がモテない系を脱出してモテ系になってしまったという事なのだと考え、もう投稿する資格はないと諦めていました。

　ところが、ある事に気付いたのです。切っ掛けは、『モテない系デートスポット』（148頁）の記事でした。そこで能町さんご自身が書かれてる『モテない系は地球上のあらゆる場所をデートスポットにする力を持っているのだ』という文章を読んだ時、正に私と彼のデートスポットを言われているような気がしました。

　そもそも私自身、某ネズミランドは、高校生時代に2回しか行った事がありませんし、今後も余程の事がない限り行くつもりはありませんから、付き合い始めた頃、きっぱり「ネズミランドは行かない」と彼に宣言しました。

　そんな私達の初デートは、神奈川県の山奥まで車を走らせ、道端に立って相模原市と秦野市の夜景（というほどでは全然なく、ただの夜の景色）を見る事でした。その後もダム巡りや未だかつて聞いた事のない辺鄙な町の数々へドライブに行きました。いずれも名物を食べるとか、観光地に立ち寄るなどは一切しません。何もない山道とかで車を止め、ただボーっと景色を眺めるだけ。

　勿論、モテない系の私に不満はないのですが、「モテ系の彼は街の方が好きなんじゃなかろうか？」と疑問に思ったので質問してみました。すると彼の趣味は目的もなく漠然と車を走らせ、景色を眺める事だったのです。今までのデートは私に合わせての事ではなく、単なる彼の趣味……。

　彼は過去にも道路地図など見ずに、北は青森県、南は高知県まで思い立ったその日にドライブした経歴の持ち主でした。更に、将来の夢は、田舎で茅葺屋根の家に暮らしながら釣りをする事だそうです。

　過去の彼女達（全員、モテ系だったらしい）は、誰も彼の趣味や夢を理解してくれなかったそうですが、その話を聞きながら納得しました。彼（の中身）はモテない系だったんだ、と。

　ぽつぽつと聞いた彼の恋愛遍歴を繋ぎ合わせてみると、見かけモテ系だからモテ系の女の子たちと付き合うべくモテ系の努力（ネズミランドや夜景の見えるホテルのバーでのデートなど）をしたそうですが、中身がモテない系だからボロが出て別れる……の繰り返しだったそうです。私と付き合い始めてから地が出せて気が楽なんだ、との台詞に至っては、モテない系同士だから然《さ》もありなんと頷いてしまいました。

　因みに私の趣味は料理です。味噌も作りますし、果実酒、ハーブ酒からケチャップ、マヨネーズなどの調味料も自分で作ります。

　そして、ベランダには洗濯物の間に大根や椎茸などの干した野菜が所狭しとぶら下がっていますし、食べ残しの種を足の踏み場もないほど沢山置いたプランターに蒔いて育てています。

　ここまで読まれた能町さまは、既にお気づきだと思いますが、彼との交際前後で私自身、全く変化がありませんでした。それはつまり、私はモテない系のままでモテ系になどなってはいなかったのです。寧ろ、お洒落な服から次第に簡素化されていく様が物語るように彼の方がモテない系へと移行して来たのでした。

　世の中、モテない系に移ってくるモテ系男子もいるという報告になれば幸いです。

（とんこ　38歳　会社員）

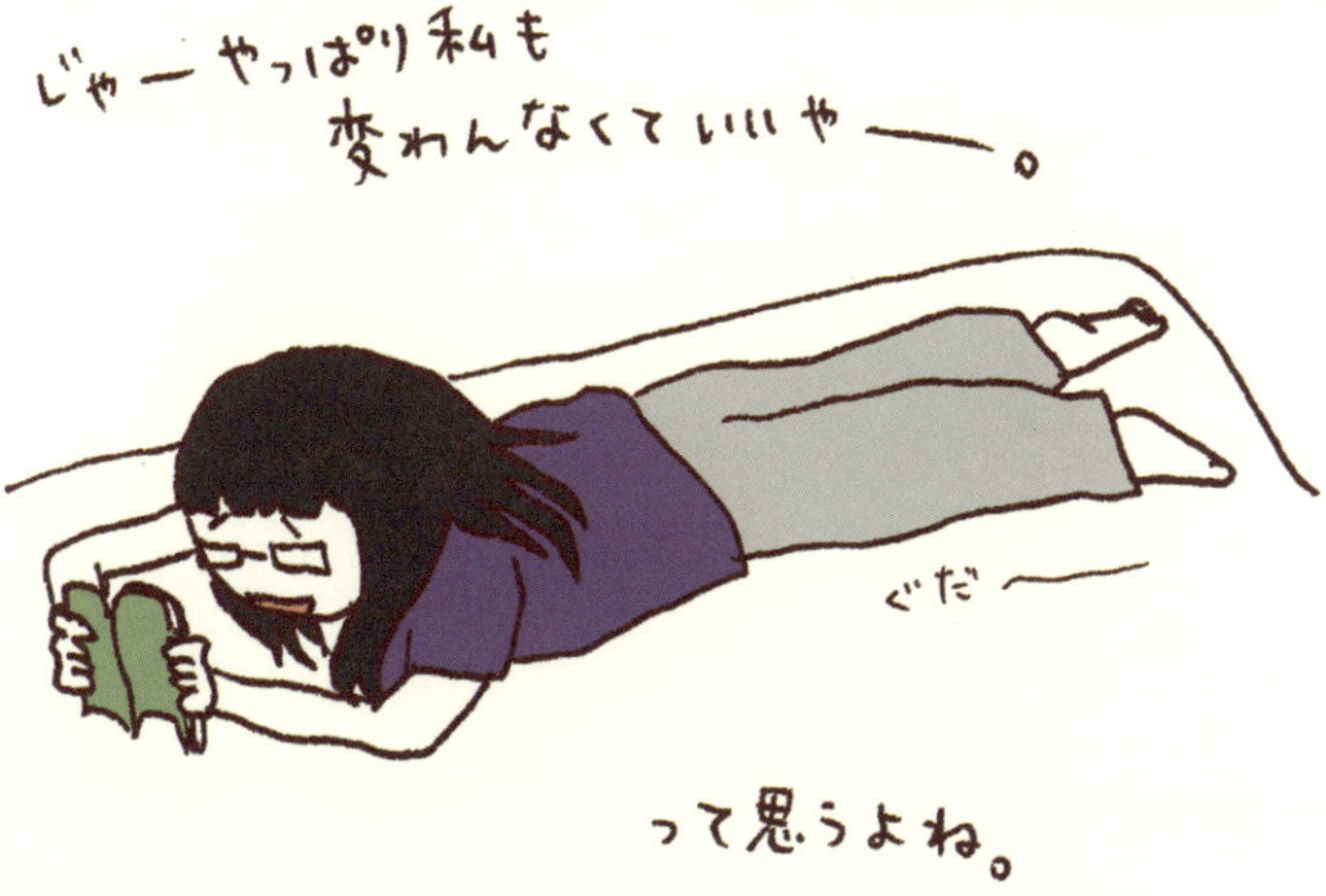
じゃーやっぱり私も
変わんなくていいやーー。
ぐだーー
って思うよね。

もう、私がごちゃごちゃ意見を述べることもあるまい。……こういうこともあるんです。……あるんですよ！それだけです。

なんて爽やかなのろけでしょう。うらやましいじゃないですか。こういうお話が純粋に、何かの原動力になればいいとおもう私である。しみじみ。

モテない系にしてはあまりにもハートマークあふれる感じのラス前につづいて。いよいよオーラス、いきます。

無

こんにちは。

私は派手でもなく浮く程地味でもなく、特に可愛いくもなければ容姿が原因でイジメを受ける程崩れているわけでもなく、例によって低身長・低声・低テンションで、街を歩いていれば誰も私を気にとめないであろうごくごく普通の人間です。

そしてもの凄く自意識過剰です。

この自意識過剰さを、誰も頼んでいないのに勝手に自分なりに分析したものを投稿しようと思ったのですが、何を書いてもそこに見え隠れする「モテない系」故の意識を自分で分析してツッコみたくなってしまい、どんどん長くなりキリがなくなったので1時間半程推敲を重ねたあげく結局全部消しました。

ちなみに名前もさんざ考えましたが、結局消しました。

（名前欄が空欄）18歳　学生）

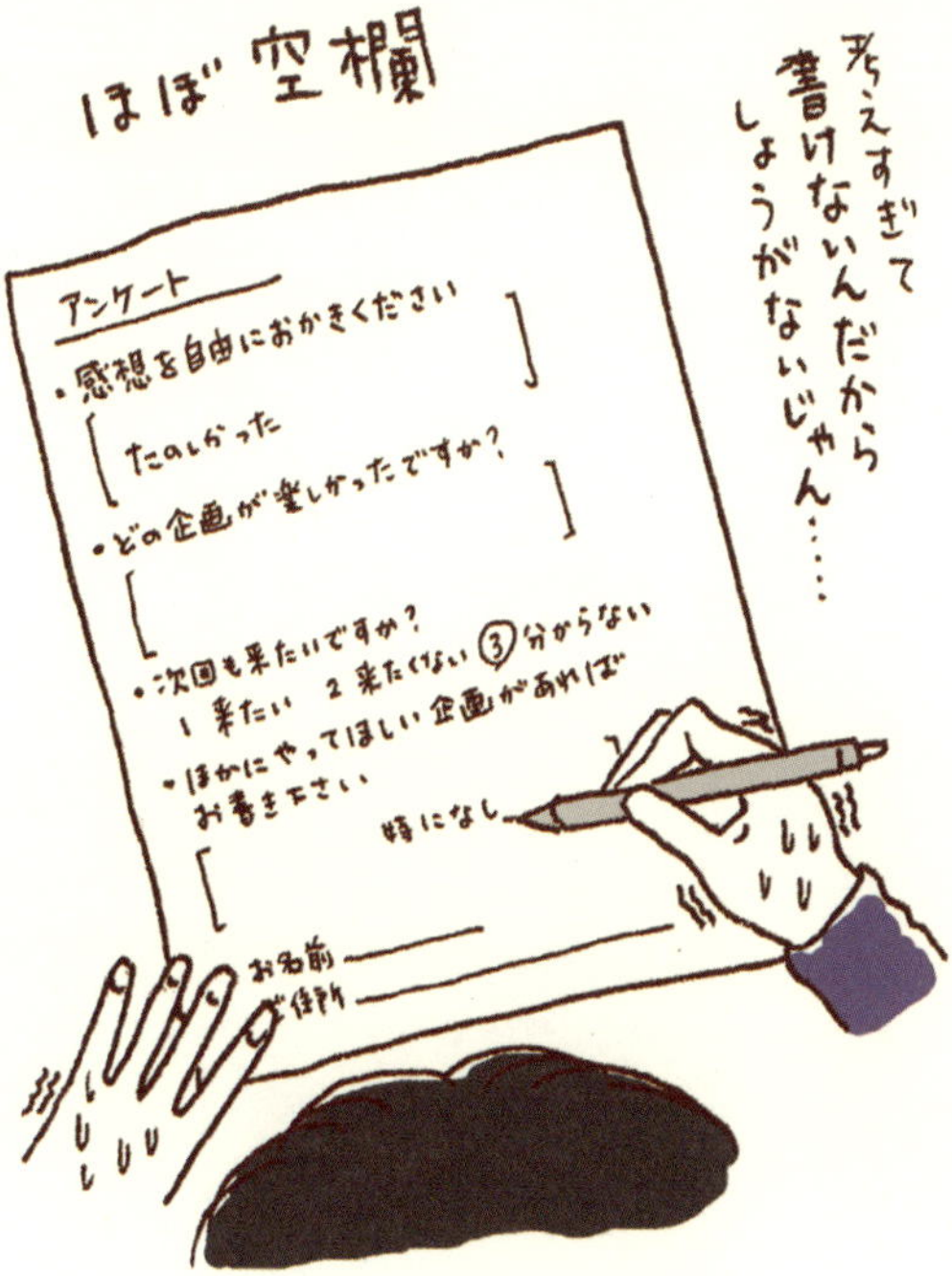
ほぼ空欄
考えすぎて書けないんだからしょうがないじゃん……
アンケート
・感想を自由におかきください
たのしかった
・どの企画が楽しかったですか？
・次回も来たいですか？
1 来たい　2 来たくない　③ 分からない
・ほかにやってほしい企画があればお書き下さい
特になし
お名前
ご住所

さっきのしあわせ体験の次にこれを持ってくるのも酷だ。それは分かってる。でも、結局のところ、モテない系の本質はここです。「自意識」。

　こうして自意識は自らをがんじがらめにし、すべてを消した。ついには名前さえ消し去った。すべては無へ……。


　しかしですよ。自意識の行きつく先が無だとしたら、無からは何かが生まれます。何かが生まれざるを得ないんです。

　モテない系の人たちが生み出す言葉・もの・行動は、一度リセットを経由してるからおもしろいんだよ、きっと。

あとがき

というわけで、モテない系の呻きの数々、美しく……少なくとも自分にとっては美しいつもりで……締めさせていただきました。

前回に引きつづいて、モテない系スピリットを下敷きにステキな装幀をしてくださったヤマシタさん（と奥様）、毎週のように打ち合わせと称してムダ話に興じた担当の山口さん、私の好き放題のやり方をそのまま通してくれて、ほんとうにありがとうございました。また、マンガを描きおろしてくださった竹内さん、吉川さん、たかせさん、帯に推薦コメントを書いてくださった東村アキコさん、ｂｏｎｏｂｏｓの辻くん、ありがとうございました。「モテない系と見なしてお仕事をお願いする」というのもずいぶん失礼な話ですが、みなさんノリノリ（死語か）で書いてくださってうれしいかぎりです！

そして、この本は言うまでもなく、モテない系を自認する皆さま方の投稿群なしには成り立たなかった本です。寄せられる文はほんとうにみんな質が高く、選ぶのには毎回とても苦労しました。めっちゃ笑えるのに、タイミングやネタの関係で載せられなかった投稿もたくさんあります。ほんとにごめんなさい。

ステキな投稿を寄せてくださった皆さま、全員大好きです。そしてこの本を読んでニヤニヤしたり、ふと我に返って落ちこんだりする皆さまも全員大好きです。

これからも共に楽しく呻こうじゃないか。……楽しいのか？

能町みね子

一九七九年生まれ。都内の大学を出てネクタイ時代、ＯＬ時代を経て、現在は基本的に文筆業。イラストも少々。

著書に、今作品の元となった『くすぶれ！モテない系』（ブックマン社）、モテない系女子の日常を描いたフィクション漫画『縁遠さん』（メディアファクトリー）、気合はゼロだけど体を張ったイラスト人生レポート『たのしいせいてんかんツアー』（竹書房）などがある。

能町みね子のふつうにっき

http://d.hatena.ne.jp/nomuch/

呻《うめ》け！　モテない系《けい》

二〇〇九年四月一〇日　初版第一刷発行

著　者　能町《のうまち》みね子《こ》

装　幀　ヤマシタツトム＋ヤマシタデザインルーム
写　真　能町みね子
編　集　山口美生
発行者　木谷仁哉
発行所　株式会社ブックマン社
〒一〇一―〇〇六五
東京都千代田区西神田三―三―五
電話　〇三―三二三七―七七七七
ファックス　〇三―五二二六―九五九九
http:// www.bookman.co.jp
印刷・製本　凸版印刷株式会社
Printed in Japan ISBN978-4-89308-709-6

※本書は、07年8月から08年8月までブックマン社のウェブサイトにて連載された「くすぶれ！モテない系～投稿篇」を加筆・修正し、あらたに構成して出版したものです。連載スタートに際し、サイト上で読者からの「モテない系体験談」を募集しました。体験談は引き続き募集中です（09年3月現在）。